山东青年文学名家文库
山东省作家协会 编

FANGFU
ZUIHAODE SHIPIAN YI
BEI BIEREN XIEGUO

王夫刚 作品

仿佛最好的诗篇
已被别人写过

山东文艺出版社

图书在版编目（CIP）数据

仿佛最好的诗篇已被别人写过 / 王夫刚著 . -- 济南：山东文艺出版社 , 2020.3
（山东青年文学名家文库）
ISBN 978-7-5329-5999-0

Ⅰ . ①仿… Ⅱ . ①王… Ⅲ . ①诗集—中国—当代 Ⅳ . ① I227

中国版本图书馆 CIP 数据核字 (2019) 第 259378 号

仿佛最好的诗篇已被别人写过
王夫刚　作品　山东省作家协会　编

主管单位	山东出版传媒股份有限公司
出版发行	山东文艺出版社
社　　址	山东省济南市英雄山路 189 号
邮　　编	250002
网　　址	www.sdwypress.com
读者服务	0531-82098776（总编室）
	0531-82098775（市场营销部）
电子邮箱	sdwy@sdpress.com.cn
印　　刷	山东临沂新华印刷物流集团有限责任公司
开　　本	700 毫米 × 1000 毫米 1/16
印　　张	18.5
字　　数	280 千
版　　次	2020 年 3 月第 1 版
印　　次	2020 年 3 月第 1 次印刷
书　　号	ISBN 978-7-5329-5999-0
定　　价	48.00 元

版权专有，侵权必究。如有图书质量问题，请与出版社联系调换。

《山东青年文学名家文库》编辑委员会

主　　　任：王红勇
常务副主任：程守田　姬德君　黄发有
副　主　任：李　军　葛长伟　陈文东　李运才
委　　　员（以姓氏笔画为序）：
　　　　　　王　伟　王方晨　王秀梅　东　紫
　　　　　　刘玉栋　孙书文　铁　流　张　继
　　　　　　张海珊　张晓楠

目　录

上卷·辑一　诗，或者歌

1990年的一个黄昏 …………… 3
窗外的雨 …………… 4
午夜两点 …………… 5
马上怀念 …………… 6
雨中·初夏 …………… 7
美人的昔日赞歌 …………… 8
峡　谷 …………… 9
有雾的清晨 …………… 10
插　曲 …………… 11
秋怀之后 …………… 12

上卷·辑二　粥中的愤怒

肖像：一个女人 …………… 15
风　筝 …………… 16
1994年的五莲县城 …………… 18
低温库房 …………… 20
异乡人之死 …………… 21
在北方的海边眺望无名小岛 …………… 23

上卷·辑三　正午偏后

树和树林 ………… 27
月凉之夜 ………… 29
凹　陷 ………… 31
2000 年 1 月 1 日前夕 ………… 33
旧日和孤独 ………… 34
轻描淡写 ………… 35
走近大河 ………… 37
另一条河流 ………… 38
暴动之诗 ………… 39
有关飞鸟的题外话 ………… 40
话筒之歌 ………… 41
正午偏后 ………… 42

上卷·辑四　斯世同怀

云层之上 ………… 45
夜宿黛溪山庄，想起梁漱溟 ………… 47
庞统墓前 ………… 48
造陆统计 ………… 49

取景框 ············ 51
恐龙时代以后 ············ 52
布尔哈通河 ············ 53
龙湾村小记 ············ 54
岁末遇南方山水 ············ 55

中卷·辑一 夕光照耀的生涯

第二次过北寨汉墓，赋诗一首 ············ 59
夜游兰州黄河铁桥 ············ 61
赤壁镇，战地黄花 ············ 62
陆水湖畔 ············ 64
在太行山上听山西民歌 ············ 66
在普救寺的舍利塔上看见大河奔流 ············ 67
与相国夫人书，兼致爱情 ············ 69

中卷·辑二 写一首你看不到的诗留在人间

抱着马路边的小树哭泣的人 ············ 73
墓边，落日如盘 ············ 75
祭父稿，第二首 ············ 77
悼念一位意外去世的亲人 ············ 79

悼念另一位意外去世的亲人 ………… 80
外　公 ………… 82
为姨妈去世而作 ………… 83
为舅舅去世而作 ………… 85

中卷·辑三　道路一灯如豆

时间附录 ………… 89
隐藏键 ………… 91
西风烈，东风温柔 ………… 93
马赛马拉 ………… 95
寄存之歌 ………… 97

中卷·辑四　这么好的天气，这么好的事情

颂　辞 ………… 101
雪的教育 ………… 102
致青春 ………… 103
少女诗篇 ………… 104
自言自语 ………… 105
野菊花 ………… 106
果园深处 ………… 107

田间诗	…………	108
挽　歌	…………	109
事　件	…………	110
乡村来信	…………	111

中卷·辑五　满脸星辰的人消失了

在山以东	…………	117
望见山冈	…………	118
纺织厂，1994	…………	119
早春与少女	…………	120
槐花凌乱	…………	121
重返谷雨村庄	…………	122
村庄与人	…………	123
偶尔年景不错	…………	124
村庄以东的麦田	…………	125
四月底的一个下午	…………	126
田野上的父亲	…………	127
每一片落叶上都住着风的悼词	…………	128
桃园附近	…………	129
生活的洪流	…………	130
写母亲	…………	131
再写母亲	…………	133

献给祖母的诗 ………… 134

中卷·辑六 远山呈现出健康的形状

偶尔还会想起 ………… 137
兼　致 ………… 138
造船用材林 ………… 139
退回来的信件 ………… 140
孤独六行 ………… 141
树枝摇晃 ………… 142
哑巴说 ………… 143
杂　句 ………… 144
马桶之歌 ………… 145

中卷·辑七 不大于河流的命运

居山林图 ………… 149
日常记 ………… 151
河边偶书 ………… 153
乡村来电 ………… 154
母亲的晚年功课 ………… 156
祝寿侧记 ………… 158

婚姻后遗症 ………… 160
父子恩仇录 ………… 162
离家最近的火车站 ………… 164

下卷·辑一　序曲，或者开始

在山大，在小树林 ………… 169
后梁祝札记 ………… 185
序曲，或者开始 ………… 202

下卷·辑二　怀刑录

祭父稿 ………… 219
怀刑录 ………… 225
梦露本纪 ………… 233
一次没有事先张扬的死亡 ………… 242
星际旅行 ………… 245

下卷·辑三　句法练习

日常忠告　　…………　253
句法练习　　…………　259
遍及我的废墟　…………　263

上卷·辑一

诗，或者歌

1990年的一个黄昏

久负盛名的映山红提高了一座山的
知名度,但悬崖始终沉默
钟声遁入石头,爱情没有回响

山上的风吹不到山下的村庄
五百米的海拔仿佛半程的
心不在焉:山花怒放;山花继续怒放

奋不顾身的狗吠引发暮色不安
青春无用,允许把自己视为北方的维特
在悬崖上寻找枪声(但愿如此)

被解雇的农夫制造了一起解密的
凶杀案——法官的裁决是
无关绿蒂,少年的烦恼也不作证据

窗外的雨

窗外下着一场不疾不徐的雨
窗外下着一场山东省的雨
窗外,下着一场无关魏晋风流也不会
被法庭判处有罪的,乡下的雨

山河随遇而安,心被洇湿
耐心渐渐成为背景,云端的坠落
既不幸福,也不悲伤
秋天——几乎年年如此

必须年年如此:离开家乡的人
经历乡愁;离不开家乡的人
允许虚构乡愁,像窗外的雨不疾不徐
像雨中离去的琴声不带雨具

窗外的雨继续下着,业余诗人
试图建造一个头顶上的
蓄水池,接收青春期的黄昏和错误
当自然事件无法回避的时候

午夜两点

我知道昨夜的情人,沉睡之花
如何醒来。我拥有她
均匀的呼吸,无序的
梦呓——在 40 瓦的电灯下

我的目光从书页中移开
看见窗外的黑暗,匿名来访的
黑暗,沿着乡土
藏起了一两声狗吠

而在河流彼岸,白杨林深处
那些时断时续的汉字
尚需个把时辰才能抵达黎明

午夜两点,为了领取免费使用的
失眠,我曾释放了一只
豢养多年的雄狮对付孤独

马上怀念

布罗茨基让它来到我们中间
寻找骑手,但在另一首诗中
他说火正熄灭,火已熄灭
一如你能听见的——念诗的人面孔模糊
而草原从来不会嘲笑这些——
引颈嘶鸣的马,酩酊的心
把传说和童话混为一谈的草尖上的
风,突如其来的爱情的表白

马群涌动的时刻,蹄音践踏
远方的胸口,长尾横扫洗衣机里的
思想。骑手消失的生活
怀念脱颖而出,草原的
高速公路上,汽车赢得机械的胜利
黑马却以空空的背部讥讽了
现在——40英寸的屏幕
足够虚拟的躁动从过去抵达未来

雨中·初夏

下雨了。我从雨中走过
下雨了。我从一座砖瓦窑眼前
走过——雨水浇灭
火焰,理想死于初夏

下雨了。我从雨中走过
下雨了。我从砖瓦窑看不见的角落
回头——坍塌来临
悲伤,失去了证据

下雨了。我从雨中走过
下雨了。我泪流满面
初夏以后,请不要继续给我写信
请不要在来信中囚禁燃烧

下雨了。雨继续下
下雨了。雨还在下
下雨了。这首诗里再也找不到
砖瓦窑的事实,哪怕一句

美人的昔日赞歌

芳香降临，词汇一片混乱：环肥燕瘦
其实是男人的三国演义——
英雄也有不为美人所动的时候
线装千年的风云，一镜笑纳

砍断手腕，为了取走童年时
戴上去的镯子；血洗宫廷为了一枝独放
逼停时光——这怎么可能
哪有春色没完没了地临幸脸色

美人不怀孕，不分娩，不哺乳
美人，也可以不花钱
卖笑的前提是，买笑的人出场了
青楼里造反，青楼里招安

奋不顾身的流水裹挟着美人的昔日赞歌
历史赠品，毁掉了君王的前程

峡谷

到峡谷中,到风的纵深地带
散步,造访一些简单的石头
和另一些更简单的石头
只有一个人的峡谷,只有一种幽寂

不明不白的存在,不明不白的
造访者。他目光放肆
诱导风景——峡谷深沉而山峰崇高
啊,被洞悉的秘密并非矛盾

落日周知万物,一只飞鸟
却比它具体。峡谷无为
不再需要表白;抒情的石头寻找知音
不懂抒情的石头错失了良宵

空乏来者的峡谷几乎没有意义
只有一个人的峡谷

有雾的清晨

有雾的岁月,山河愈发沉寂
鸡鸣和炊烟失去了秩序
草叶上的露珠安慰着鞋子里的生活
早起的人,不肯谈论朦胧
美属于无效的词汇输给了
天气预报——不要打听黎明的边界
在哪里,不要在餐桌上哭泣

插曲

她的哥哥愤恨单身,腿上有疾
却喜欢在家里走来走去
她的母亲在叹息;她的父亲
在沉默;她的脸上藏着
一夜失眠;她的爱情
就要成为一个陈旧故事的崭新主角
啊,她的冬天起风了
她的雪莱说,春天不再遥远

秋怀之后

降雪了，村庄像一只冬眠的小动物
无言地投诚于一只冬眠的
大动物身边。我们足不出户
一边烧热土炕，一边玩牌
目光走出窗外，无边的白色破坏了
所有的道路——私奔的姑娘
正在路上；改嫁的女人
已经音信杳无……降雪的冬天
我们嘻嘻哈哈地守住北方的土炕
像拖拉机那样替天行道
像孩子那样犯困，设想远行人
突然地，撞开满脸风雪的门扉
带着倒行逆施的远方
和青春的白皮书——是的
冬天只下一场雪，一代人
只做一件事情，在以年为计量单位的
光阴中，爱和未来不需要婚约

（选自诗集《诗，或者歌》，百花文艺出版社 1993年1月版）

上卷·辑二

粥中的愤怒

肖像：一个女人

她留给我们的不够具体，也不够开阔。
背景在肖像之外。她的脸上
有一些爱与被爱的痕迹
但仅仅是痕迹。我们不便
沿着一个陌生女人的皱纹回到过去
（那没有皱纹的时光
并不比皱纹更说明问题）
假如她的一生不是发生在肖像之外
假如一幅画构成了一个女人的
完整世界：爱与被爱
像一阵风吹来，又被另一阵风
吹走，是可以理解的。
侧面的欢愉和忧伤是可以理解的。
我们说，是肖像改变了生活的
比例，而不是一个女人——
她一览无余，不喜欢命运
以及那些与命运有关的
孤独。在一幅肖像中，尤其如此。
但故事需要框架也需要不知所终的结局
但佯装傲慢的艺术，另有企图。

风筝

在潍坊我曾经生活了三年之久。
这是一个城市,空中飘着太多的风筝
但我向来不喜欢飘的东西。
很多次我抬起头来,看到风筝
看到飞鸟,并把它们混为一谈
这不说明具体的问题。
因为飞鸟同样被我一再忽视。
我只是奇怪,风筝和城市
可以保持这样一种关系。
我对搞不清楚的事情怀有断断续续的
热情,而三年时光正好弥补
一只风筝所带来的阴影。
在写给天空的赞美诗中
我谈到了风筝和飞起来的命运
"风将使它找到天堂
而线能让它带着天堂的消息
返回人间。"当我篡改阿基米德的时候
风筝博物馆的错漏仍未修正。
我感激潍坊但对轻而摇摆的风筝
有点粗心。世界就是这样

世界就是这么一回事——
我不喜欢飘的东西（或者是
飘的感觉），但轻而摇摆的东西
不会因为我而丧失意义
也不因我的来去产生爱与恨。
在潍坊，总有一些清晨
黄昏，总有孩子和老人
经历着不被理解的事物的爱。
按照他们的理由，我将失去理由
按照他们的快乐，我将死于
一只风筝的不可能。

1994年的五莲县城

1994年的五莲县城，有些建筑
在继续长高，还有一些建筑
开始拆除。砸锭的纺织厂
看上去日益臃肿，有人爬到了
楼高处，俯瞰斜顶的车间
或者眺望远方，那云山阻隔的
精彩。1994年的五莲县城
下雨的黄昏，街上满是
灰暗的雨披在移动，如果没有
刹车声，像极了从前的
一部无声影片；录像厅门口
一对恋人在接吻，他们的背影
遮住了新片预告的海报。
1994年的五莲县城，铅色的
天空下，一桩凶杀案的恐慌
尚未平息，又有传言说
银行行长不知去向；居民们
津津乐道于身边的事情
那些发生在另一年的另一个县城的
事情，无非是疾病，服饰，摸奖

公判会，被查获的猪肉
得寸进尺的亏损企业。
1994年的五莲县城，电视台
流行点歌，在"爹是爹来娘是娘"的
歌声中，再婚的老头与民同乐
啊，有多少人白天在喝酒
有多少人晚上在做爱！纺织厂的
老板，近水楼台，死在了
女职工床上：这是新闻
也是生活。1994年的五莲县城
时光不紧不慢，无所谓
故事不多不少，正好。

低温库房

我听到门被关闭,声音异常沉闷。于是一脚踢飞分割冻肉的包装箱,骂,季富春。这个装模作样的家伙当众羞辱了我,然后把我单独留在巨大的坟墓般的低温库房。他不敢害死我。他惩罚我。他是一个看不到我的嘴角在冷笑的副厂长。我大声朗诵普希金的诗,假如生活欺骗了我。呵呵,那又如何,生活不会永远欺骗我。副厂长同志。我等待着他来喊我出去。反正冷藏厂的春天和冬天一个德性。我知道他不会来,他会命令我的一个工友来放我出去。我跟被分割的动物玩游戏,打赌,结果我赢了。季富春,在这首诗中我提到你的名字,不幸的是,冷藏厂破产了,一地鸡毛;你也老了,不知所终,戴着那顶出口转内销的帽子。不可想象,我的憎恨远远大于你的伤害。这不是公平,这是事实。我不憎恨事实。现在我想跟你谈谈谅解的可能性。但我发现,这一切已经失去了因为谅解而产生的意义。

异乡人之死

夏日正午的阳光下面,小乡村
懒懒洋洋,高音喇叭里播放着笑声不断的
相声。被高高吊起的异乡人
低垂着脑袋,半昏不醒的样子
无人理睬。这个缺乏诗意的
流浪汉,路过小乡村
但不该把手伸得太长。
面对烈日,唾弃,异乡人沉默着
像个哑巴(或许就是个哑巴)
在上学的路上,我看见被高高吊起的
异乡人;在放学的路上
我看见异乡人身上落满越来越多的
苍蝇:目睹一个人的死
是恐惧的。我,时年十岁的
小学四年级学生,不明白的事情
太多,而愿望,我是说
乡村孩子的愿望总是被拒绝
在日记中,我曾盘算着
给异乡人家里写封信,却没有谁
能说出他的名字和地址。

如今，小乡村已变为乡镇
掩埋尸骨的荒岭已变成一座
欣欣向荣的砖瓦厂——无论机器的
轰响，还是工人粗俗的玩笑
都不能把他惊醒，把他
送回父母身边。被高高吊起的异乡人
对于老家，他音信杳无，下落不明
似乎有点传奇意味；对于我
则像一团晃来晃去的阴影
不断加深着成长岁月的荒凉色彩
不管怎样，异乡人之死
这是一个伤心的话题——我目睹了他的
消亡，但至今无法通知他的家人

在北方的海边眺望无名小岛

我好像从来没有接近过那无名的小岛。
我喜欢远远地眺望。有时候
我行走在山区,以为大地变成了
起风的海;而山峰恍若浪中晃动的
岛屿。在北方的海边
眺望,那无名小岛是孤独的
那海天一色美而虚无。面对大海
我渴望表达的东西太多了
面对大海,我做着拥抱的姿势
却不想让又咸又凉的海水溅到身上
啊,我和时代羞于出口的意图
保持着多么惊人的一致!
在北方的海边眺望无名小岛
如果我闭上眼睛,一切都将消失
如果我沉默,如果我始终沉默
将不是大海占据我的心。
从一个小岛开始,我不断地
添枝加叶:无名,眺望,海边,北方
我甚至想到了沧海桑田……
但是,在北方的海边,除了眺望

和放弃眺望，我不知道
明天会发生什么：慢慢衰老的
耐心，慢慢泅出了盐渍
曾经的爱和期待变成了
无名小岛下面那看不见的部分。

(选自诗集《粥中的愤怒》，大众文艺出版社 2011 年 11 月版)

上卷·辑三

正午偏后

树和树林

树和树林,我喜欢在两者之间
寻找一些不同的东西。
我曾在一棵树上刻下:爱
但一棵树既不是树林的局部
也不可能让我久久惊讶。
我少年歌唱过的树和树林
多已结束:十年树木
植物的青春因为简单而短暂
在这个问题上,树和树林
有着相似的命运。
如果"一"孤独,一棵树
当然孤独;而树林的
阴影,更像集体的孤独
它关心已知的冒险并对现象
赞美有加。起风了
大地上的事情在摇晃
树和树林也不例外。
在它们中间风是我的坏习惯
从一棵树,到一群树
　(这话听起来有点味道很怪
因为树林是无辜的)

啊!有一瞬间我几乎不敢想象
有一瞬间,我半途而废。

月凉之夜

月凉之夜,废弃是委婉的美
而沉寂培养我们的耐心。
我不停地走但没有遇到一个人
因此,"我们"不排除
非人的因素。在月凉之夜
人并不是最重要的。
我不停地走,内心的东西
被遗弃在沿途的阴影中
在月凉之夜,我不想回头
也不再喋喋不休。
我体味着月凉的忧伤
在30岁前我曾沉醉于月亮的
阴晴圆缺。我爱生活
也接受生活的堕落
我回忆并感念以前发生的
事情,在月凉之夜
尤其如此。我不停地走
我相信动词具有更多的生命力
但在月凉之夜,大地
变成了道路;一个人的

起伏,无力命令时间去飞翔。
我曾经学习加法以获取
更多:我看见了黎明
我需要黎明,而计算的人生
不慌不忙地改变了去向。

凹陷

我走在山路上就像山路走在山中
这么多年了,有人仰望山峰
有人俯视沟壑,也有人
譬如我,曾经站在石头上
朗诵:啊,没有比脚更长的路!
但放羊的孩子只是好奇
吃草的羊,无动于衷。
我感到羞愧而他们已经走远
阳光下,一棵树,一小块
山洞,一只停歇的
飞鸟,笼罩着各自的阴影——
哦!连太阳也有力不从心的
时候,幸福又怎么可能
掌握在一个人的手里。
我走在山路上就像山路走在山中
这么多年了,时间给予我的
生活又悄悄地收回去。
我不住地走着,只是想把
需要的东西揽在怀中
只是想证明,越来越低沉的

天空下,漫长的错误
有点可爱但语焉不详。

2000年1月1日前夕

有人在天气沮丧的山顶等待日出
有人撞钟：这赎买的快乐
像证券完成了有形的交易

医院住进要求剖宫产的孕妇
她想让孩子生在零时；青春期的学生
开始倒计时：10，9，8……

讨薪的民工还站在市政楼顶
高速公路还没有贴出免费通行的公告
孙悟空，还在取经路上降妖伏魔

曾经爱过，哭过，欲望强烈
当灰烬承担炉火的伤心前程
今夜，作茧者睡意缱绻，别无他事

旧日和孤独

旧日和孤独，献给我爱过的
女人：半个放大的欲望。
十万，是文字太多，是金钱太少
是谎言——无法想象
十万谎言，有多么辛苦。
旧日和孤独，献给我爱过的女人
在她身上，爱和爱的结束
一样；她的深呼吸
像她的遗忘一样，一样。
有一次我们谈到孤独
和孤独的味道；另有一次
我们谈到孤独以后，孤独的差异
谈着谈着，天亮了
谈着谈着，结束了。
像这首诗献给我爱过的女人
旧日和孤独，结束了。

轻描淡写

喝酒之前他们不让我朗诵。
喝酒之后
他们不听我朗诵——

新年敲响江湖的大钟。
没有月亮的夜晚,允许诗歌
在山东抛锚。

啊,我有杯盘狼藉的
表情,他们却爱
杯盘狼藉的人生。

那个夜晚之后,还有
很多夜晚;那次误会之后
误会获得了性别。

幼兽来不及相爱就开始撕扯。
黑暗,长着两只
他们没听说过的耳朵。

就这样吧:怒吼的幸福
使拖拉机浑身颤抖
也值得我继续等待。

走近大河

走近大河。在那里我遇到了一条忧伤的木船。
我的心里乱极了……食肉的动物保护者
试图跟我探讨理论的矛盾
和可行性。一个伪命题的正解是
流水的岁月消失了,或许不值得惋惜。
衰老和成长一样,属于规律。
走近大河。在那里我遇到了祖国的问题。
支流夺走了它的根系。永恒的大地
在倾斜,诗人们在撒谎。
我的心里乱极了……不是由于疲倦
而是由于沉默;不是抵达彼岸
而是抵达彼岸的泗渡被扼住了歌唱的喉咙。
忧伤加深着木已成舟的腐烂
大河在继续。大河,允许抛下我。

另一条河流

事实是，我的体内的确流淌着一条河流
而不为生活所知。我提心吊胆
每天都在不断地加固堤坝。
有时我叫它黄河，叫它清河、小清河
去过一趟鲁西，叫它京杭大运河
有时我对命名失去了兴趣
就叫它无名之河。我既不计算它的
长度，也不在意它的流量。
当我顺流而下，它是我的朋友
当我逆流而上它被视为憎恨的对象。
在一次由泅渡构成的尝试中
我的态度是，不感激
不抱怨；在一次由醉酒构成的聚会中
我背弃大禹，堵住它们。哦，泛滥！

暴动之诗

作为事件他们被写进了地方史。
愤怒的岁月里他们杀死地主，烧毁寺庙
占据山中的高处，掷出长矛
石块，和用尽霰弹的猎枪。
他们没有旗帜，没有纪律，没有
死亡的经历，出于偶然的杀戮也不是
他们渴望的生活。日暮时辰
有人像壮士一样在山峰上走来走去
有人望着落日，暗自沉默。
作为事件他们被写进了地方史。
作为战场，我家乡的石头至今镌刻着
无人领取的弹痕。许多年后
许多事情已经改变——像他们
获得意外的光荣但全然不知。

有关飞鸟的题外话

对于飞鸟我曾表示出不应有的漠然。
在我的世界,飞鸟和花朵一样
得不到证明。很长时间
我并没有意识到这有什么不妥。
我爱过的东西,比它们重要的
委实太多了。如果需要我向飞鸟致歉
则说明我对花朵也改变了看法。
对于飞鸟出现在我的诗中
并在诗中歌唱,在歌唱中留下翅膀
和翅膀划过的欢乐,我承认
那是因为天空呈现心灵的写照
因为泰戈尔,一个印度老人
他说:"美呀,在爱中找你自己吧!"
他又说:"我相信你的爱。"

话筒之歌

话筒的命运与这个时代有关。
如果说，话筒的命运与生活有关
也将不被视为错误的表述。
太多的人要讲话，太多的人
想唱歌，在需要提高分贝的时代
和允许自作多情的生活中
话筒解决具体的问题。
话筒的问题其实是人的问题。
拥有话筒的人其实是拥有时代和生活
至少拥有时代和生活的背景。
话筒体现夸大的真实
但加以修饰的声音可能从不传达
话筒的意思：在时代的喉咙
和生活的嘴唇上，话筒
是无辜的——没有爱也没有倾向
却承担了外在的爱与倾向

正午偏后

不用再试图说服我了——因为生存的差异
我们对事物的理解已走上了两个极端
眼下我们偶尔看见彼此的身影
也许有一天,在数以亿计的人流中
我们最感激的东西变成了消失和遗忘
世界曾经广阔,而消失和遗忘
那么具体——现在我想引用一个比喻
一朵花暗含着春天的消息,但春天
不仅仅是盛开的鲜花在聚会
有人为美倾心,有人为美的短暂而
伤感;当中年的呼吸渐渐跟不上
生活的脚步,去而无归的东西
教育我修改诗歌的心情以适应时光提速
正午偏后,命运的佳期已经不多了

(选自诗集《正午偏后》,山东文艺出版社
2012 年 11 月版)

上卷・辑四

斯世同怀

云层之上

飞机起飞时,我感到大地颤动了一下。

我的心,颤动了一下。

我知道有一些担心属于多余。

不过担心是不可避免的。

我没有翅膀,但将在空中飞翔两个半小时。

从冬天回到秋天,也许是夏天。

欢迎乘坐东航的空中客车。

空姐一个比一个漂亮,温柔。

因为她们是空姐。

云层之上,我在俯瞰。我喜欢俯瞰。

很遗憾浓雾一直弥漫到了江西。

我想应该是江西。

我看到了高山,河流,乡村和城镇。

大地上的事情当然不止这些。

大地上人来人往。

一个追逐的时代不培育仰望者。

飞机降落时我看到了大海。

我感到大地在颤动。我的心在颤动。

我的心一直都在悬着吗?

也许是吧。

云层之上大地成为必需品一样的记忆
奇怪的是我不能回答这为什么。

夜宿黛溪山庄,想起梁漱溟

高速公路上的车辆呼啸而过
并不影响山东的月亮安静而羞涩地
照着黄河流过的梁邹平原。
夜宿黛溪山庄,有人鼾声如雷
有人辗转反侧,想起了
梁漱溟——此时
这个倔强、高寿、目光犀利的老头
乡村建设运动的发起人和实践者
写下《人心与人性》的
思想家,用下嘴唇咬住上嘴唇的
世纪鸿儒,就在黛溪山庄的不远处
冷冷地望着灯火辉煌的人间
怀揣一颗与雅量对质的心——
遗憾的是,这一夜
有人鼾声如雷,有人
辗转反侧,却不见一个身影向他
走近,哪怕以月下散步的名义。

庞统墓前

他 36 岁,死于流矢。
他的陵墓,变成了未来岁月的有形怀念
他的祠庙里说书人正自弹自唱
三三两两的游人
使这里看上去愈发沉寂。
他生于这样的时代:驿道繁华
群雄逐鹿,整个国家都是
战场。但他来不及说鞠躬尽瘁
甚至没有对以貌取人的陋行
做出更惊讶的反击。
他怀着诸葛亮一样的抱负
却只能经历和诸葛亮不同的传奇——
在落凤坡,或者在一部浩瀚的小说中
他骑着别人的快马
匆匆送掉了自己的性命。
现在,这些树木,这些石质建筑
这些遗迹,已被生活赋予了
旧有事物的现实色彩:
一千八百年是一个过程,也是一个
连英雄都感到绝望的话题。

造陆统计

江湖从来不乏奇迹……大清咸丰五年
黄河再夺大清河，经利津入海
并以宁海为顶点，在北起徒骇河
南至支脉沟口的扇状三角洲地区
来回摆动，形成造陆高峰
到1938年，历时84年，实际行水57年
造陆1400平方公里
平均每年造陆24.6平方公里。
从1947年到1982年
黄河以渔洼为顶点，在北起挑河
南到宋春荣沟的三角洲地区
行河造陆，历时36年
造陆1410平方公里，平均每年
造陆39.2平方公里（1939年到1946年
黄河卡在郑州花园口，无计
1983年以后，资料暂缺）
据此可知，黄河摄人魂魄的惊讶
也许在壶口，但致命的爱
给了入海之地：几乎是最年轻的城市
东营；几乎是无垠的湿地

黄河三角洲；几乎是鸟类的机场

人间天上……情况就是这样

江湖从来不乏奇迹，黄河尤其如此。

取景框

几位诗人站在黄河一侧热烈地讨论着
河流和人的关系：不到黄河心不死的
话外音是，到了黄河
就该死心了——摄影师插话说
诗人可以例外，现在请大家做出
指点江山的样子。没有一位诗人表示拒绝
镜头面前，他们一脸严肃地
望着远处，等待闪光灯亮起
黄河横陈眼前，看不出流淌的样子
而刚好飞过头顶的鸟类
也不是著名的丹顶鹤
载歌载舞。"人不能两次踏进
同一条河流。"赫拉克利特的观点
几位诗人似乎并不苟同
但摄影师认为，没有永恒的
道具，也没有永恒的理解
献给道具：黄河一侧，黄河的另一侧
几位诗人的无异表现已经说明。

恐龙时代以后

白垩纪晚期,恐龙的噩梦终于降临。
它们在地球上生活了一亿六千万年
然后集体消失,没有遗书
没有史记,没有过渡
只留下化石和悬而未解的谜团——
从巨人的遗骸,到恐怖的蜥蜴
再到恐龙的中国式命名
人类的想象力在人类没有见过的动物面前
遇到了挑战:这陆地生态系统的
支配者,最神秘的物种
允许拥有最戏剧化的结局。
恐龙时代以后,恐龙成为一门学问
对恐龙的挖掘和研究成为另一门
学问,在诸城的地盘上
在竣工不久的恐龙地质公园里
被一再推陈出新。我们几乎不敢相信
科学家的告诫(看见了吗
鸟类,恐龙的后裔!)
但别无选择——恢复恐龙的记忆
与恐龙无关,也不是文学的主题。

布尔哈通河

布尔哈通河的夏日,水上漂着北方。
布尔哈通河的夏日,彼岸
埋着婉容。金达莱是鲜花
也是无须国籍的歌声
唤醒早春:那任性的孩子还在奔跑
那任性的天空,就要下雨。
教科书上的布尔哈通河
流经少年的作文
每一条河流,都有一个
源头;每一条河流,都有自己的子嗣
要在哈尔巴岭的深山清泉中
遇见两个人的微微一笑
需等 30 年:谁在故乡完成自身的
流淌,谁将在故乡之外
永远作客。布尔哈通河的夏日
楼房高过柳树,少年却已
回不到桥上,雨过天晴
爱是布尔哈通河,也是布尔哈通河流域
花开花谢,监狱出身的剧院曲终人散。

龙湾村小记

北方的石林藏在黄河岸边,藏在峡谷深处
藏在风蚀、水侵和光阴的教育中
赶驴车的老人家学会了
免费启发游客;撑羊皮筏的汉子
仿佛河上的帝王免费呵斥
尖叫的男女;农家乐饭店里
阳光免费照耀,苹果
免费品尝(如果树下站着牛顿
牛顿定律也将免费普及)
漫长的河流免费奔波
河流对岸的剧组免费观看
落差之上,俯瞰和告别免费使用

岁末遇南方山水

篝火熊熊燃烧,若即若离的城市

黯淡下来。夜色摇曳

E宅购的湖心岛落下了

诗歌的飞行器:有人借着火光朗诵

有人借着诗篇畅饮当地啤酒

胸前温暖,背后寒凉

仿佛世界的道理都聚集在

这一刻(火中取栗的人

要么天边滚雷,要么爱恨交加)

为什么篝火尽情燃烧

高潮才姗姗而来?为什么篝火悄悄熄灭

你还意犹未尽?头上的月亮

脚下的灰烬,为什么

那最后告辞的身影比孤独更有力量

每条大河,都要有一个名字?

(选自诗集《斯世同怀》,时代文艺出版社2014年12月版)

中卷·辑一

夕光照耀的生涯

第二次过北寨汉墓,赋诗一首

盗墓贼没兴趣取走的汉画像石成就了它的盛名——
朝仪,宴饮,舞乐,狩猎,战争,祭祀
艺术因为对生活无用而获得了
保留下来的机会。一处没有墓门
和墓志铭的地下府邸
唯有时光能够收藏它的秘密:主人的面孔
身份,准确的入住时间。而北寨村
则比汉墓博物馆的讲解员更早习惯了这里的门庭冷落。
是啊,花50块钱买一张门票
到坟墓里转一圈,不是一笔
与时代吻合的买卖——虽然墓室雕梁画柱
有院落,客厅,卧室,厨房,仓库
和带扶手的蹲式厕所。
虽然专家断定墓主人血统高贵
有过吃烤羊肉串的经历和在西域战胜胡人的
骄傲。虽然毛泽东曾经提到它
美术史和建筑史都对它青睐有加。
这里四面环山,一河流淌,村子里最后一个
讲故事的老人已经没有听众
城里热衷于大兴土木,诸葛亮

才是本地的名流（就连汉墓都差点给了
他的父亲）。生活如此具体
北寨只是一个符号依附在汉墓表面
美术史，建筑史，只是一种虚构的黄金
远映着北寨人走过村口的
身影：他们至今没有用上
带扶手的厕所，面对盗墓贼没兴趣取走画像石的
汉墓，以及豪门死者尸骨杳无的结局
他们心情复杂但显然赞成
米兰·昆德拉的观点：生活在别处。
至于我，我们，匆忙的过客
照相机的奴隶，浮光掠影的爱好者
允许在一座微缩的宫殿里一边赞美一边遗忘。

夜游兰州黄河铁桥

只有兰州允许黄河穿城而过,只有老牛、俊堂
陪我夜游黄河,陪一个来自黄河下游的诗人
在上游谈论拉面和读者大道。
兰州长着几乎和甘肃一样的体形
曲折,狭长;兰州的黄河
黄河上的第一座铁桥,铁桥上的百年传奇
足够记者出身的老牛讲解半天
建桥的铁条,铆钉,水泥
乃至刷桥的油漆,无不拥有辗转万里的血统——
从德国乘船,先是抵达天津,然后坐火车
到郑州,换乘马车,经洛阳
过西安,才能于此各司其职
成为兰州的象征
2009年夏夜,我们走过灯火照耀的铁桥
夜色苍茫,黄河好像不复流淌
羊皮筏子已经安睡
只有古老的水车还在博物馆里静静歌唱。
只有写在桥身上的爱情告白还在霓虹中
坚持。老牛、俊堂和我
三个中年男人坐在黄河岸边抽烟,就此陷入沉默。

赤壁镇,战地黄花

我的老乡孔子说:"逝者如斯夫,不舍昼夜。"
在赤壁战场的滚滚江水面前
在羊楼洞镇的溪流源头
在陆水河的停顿和被解密的捆绑消费中
到处遗落着他给予未来的教育。
事实上,江河溪流只比人类伟大那么一点点
但已足够让三国演义和魏晋风流
沿着蒲圻县流传到赤壁市。
导游惯用"据说"一词(因为天尽头
不宜抵达,所以江山定要登临)
诗人们则像虚拟的帝王
巡游天下——我就干过这样的勾当
没来过赤壁,却写了《将军与爱情公园》
向周瑜致敬:沉舟侧畔
病树前头——必须经历爱情
战争才能被铭记;必须倾覆轮船
我们的悲伤和怀念
才能在顺流而下的江湖上找到抛锚之处
才能原谅水浒的外景穿越到
三国的朋友圈(今人不见古月,

今月曾照古人）。战地黄花静静地望着
刻在石头上的赭色大字
望着我们——多么粗心的家伙啊
手持孔子没有见过的照相机
却不肯写一首打油诗缅怀画像上的春秋。

陆水湖畔

酒店跑到了湖中,仿佛只为收留这一拨人。
他们劝自己喝酒,陪自己回忆
跟自己开玩笑,玩一种
纸上谈兵的游戏,通过微信
争抢不值一提的红包——夸张的兴奋
使酒店大堂不再空旷
仿佛欢乐荟萃,仿佛世间烦恼
不曾有过更不曾跟这一刻
有关,而要见识一个人工大湖的美德
也并非这个夜晚的事业
从蓝奔向深蓝,从幕阜山余脉
奔向幕阜山。乙未夏日
酒店跑到了湖中,仿佛只为收留这一拨人。
他们在异乡酣睡(失眠的人例外)
梦中摇动桨橹,制造涛声
他们即将写下不同的诗篇但湖畔的绿
只有一个面孔,一种心情
他们清晨散步时昨夜已经成为
历史——新闻工作者正在判处龙卷风徒刑
而湖畔雅集照旧,而跑到了湖中的

酒店，历史上确实有过
这样的记录：只为收留这一拨人
慷慨地调整了光阴角度、涟漪结构和尖叫指数。

在太行山上听山西民歌

在太行山上听山西民歌,在绵延的
太行山上,听黎城县的业余歌手
唱花香凌乱的山西民歌
喉咙里释放出的浊漳河或顺流而下或溯流而上
让来自太行以东的诗人
沦为鼓掌的哑巴——在层林尽染的
太行山上,一棵树和另一棵树
隔着悬崖互不羡慕的
太行山上,红叶泛滥的太行山上
羊群站在高处回头张望的
太行山上,盘山公路一会出现一会消失的
太行山上,铺了一小块地毯的太行山上
诗神降临的太行山上
要命的太行山上,黎城县的
业余歌手逐渐被山峰的巨大阴影
所湮没(寂静如此美不胜收)
凿井而饮的山西民歌
日落而息的山西民歌
披着有序的秋风重返浊漳河的喉咙里
夕光照耀的生涯,就这样又延长了一天

在普救寺的舍利塔上看见大河奔流

在普救寺的舍利塔上我们看见了大河奔流。
近处是安静的西厢村偶有嘈杂。
更近处是寺院门口，铺着红地毯的
集体婚礼，即将开始。
一个著名的爱情故事肇始于
佛门；一座会说话的舍利塔
得到了一个女性的名字：爱情是事实
也是一种传奇，足以修订生活。
有人来寻崔莺莺，有人去见张君瑞
君子逾垣，夫人拷红，夕阳
悬挂在史记的腰带上
恢复汉婚的仪式在摄像机的注视中
有所拘谨，祝福刻在锁身
（风动，幡动，爱者心动
啊，身披婚纱的女人为什么哭了）
在普救寺的舍利塔上我们看见了大河奔流。
近处是安静的西厢村多见婚姻。
更近处是寺院门口，铺着红地毯的
集体婚礼，已经结束。
有情人已成眷属。《西厢记》

已成名著,而梨花深院的月亮
已经学会照单全收——以晨钟暮鼓的名义。

与相国夫人书,兼致爱情

夫人,进寺院的路和出寺院的路是一样的。
封建婚姻,其实是一个革命的说法。
你曾在大钟楼上观看白马将军
生擒孙飞虎,我喜欢到舍利塔的高处眺望远方
但黄河不是我的,鹳雀楼上的题诗
也不是我的。三十年河西
三十年河东——普天下佛寺无过
前朝后代,家国命运,无非古老的传说
历尽沧桑。相国居庙堂之高
啥都明白,可他死了;红娘聪明伶俐
却不听你的话;莺莺虽是父母的
财产,她的琴声宁肯献给一见钟情
读书人张君瑞干过的勾当
后来我也干过——每一座寺院
都有被误解的法海兴风作浪
每一座寺院,都有檐角的风声维持秩序
人生这台戏,谁说了谁算。
夫人,曾经救济过你的是普救寺
还在替你还愿的是你女儿的
爱与传奇:侯府深似海,豪门去如烟

历史就是一个小孩子，长大了
就不好玩了。西轩是道具
梨花深院也是；你没有经历过或者
经历过又忘掉了的青春在雨夜走失
雨夜也是道具。夫人
不要暗中生气了，千年前的愤怒
早已无人在意——连蒲津渡
都变作了遗址，连镇河的铁牛都曾淤陷
连刚刚辞世的马尔克斯先生
都曾提醒读者：爱情是一种本能
生来不会的人永远无法理解它。
爱情的故事，允许没有父母，没有老师
允许无师自通，临时起意，霍乱时期也不例外。

(选自《扬子江》诗刊，2016年第5期)

中卷·辑二

写一首你看不到的诗留在人间

抱着马路边的小树哭泣的人

抱着马路边的小树哭泣的人是个男子。
马路对面观望的也是个男子。
女主角已经走远,背景的表情
已经由愤怒变得模糊。
公交汽车越来越少,打着空车灯的出租车
一如过江之鲫穿行于灯红酒绿。
抱着马路边的小树哭泣的人是个男子。
他没有喝醉,也不肯
喊住那个渐行渐远的名字——
他的包里装着一封不再需要写完的
信(也许是一颗滴血的心)
他一边哭泣一边打电话
让快递公司到有一棵小树的地方
来取邮件。抱着马路边的小树哭泣的人是个男子。
曾经付出、已经失去的爱值得一哭。
他拒绝爬到小树上面去
  (虽然失去了爱,但还不打算自杀)
抱着马路边的小树哭泣的人
是个男子,无人值守的信号灯下
小树因为细弱而有点

无所适从：它还没有长到谈情说爱的
年龄，也不懂得安慰。
抱着马路边的小树哭泣的人是个男子。
马路对面观望的也是个男子。
他久久盘桓只为一个疑问
哭泣的人，哦，你为什么抱着一棵小树？

墓边，落日如盘

落日如盘。一个青年人向我走来，从墓地的方向。
他剪掉了盘在脑后的辫子，但长着一张
和我一样的面孔。我在墓边喊他
今天不是清明，不是冬至，不是鞭炮炸响的除夕之夜
我不打算邀他回家。落日如盘。
一个青年人向我走来，从墓地的方向
他英年早逝，从来没有见过自己的长孙
仅有的胃始终空着，短暂的春天
总是阴雨连绵，抱恨也没有写到族谱和村志上
写上去又有什么用？族谱早已不知所终
而村志至今仍属于计划中的行为
鼓励未来。大地上生长着很多凸起的事物
但只有坟墓愿意替失败的人生
承担有形的怀念。落日如盘。
一个青年人向我走来，从墓地的方向
他生于战乱，死于饥饿、疾患
连走路和喘息都是吃不饱的样子，未老先衰。
在被称为"旧社会"的时代，他理所当然地
留不下一帧照片，或者画像
供粗心的晚辈指认。我们在墓边相遇

中间隔着我的父亲。我们在墓边
抽烟。交谈。落日如盘。生者爱恨交加。
死者从善如流。墓地犹似城镇
越发拥挤不堪——见缝插针的人甚至让庄稼长满了
坟头——这是一个塞翁失马的细节
夏季多雨，绿色透出咄咄逼人的
气息，使游荡在人间之外的魂魄不再孤寂。
惧死的心尚未寻找到生命的要义
缺少墓志铭的坟堆验证了我父亲的
生前忧虑：的确，如果他们拥有门牌号码一样的
墓碑，即使天黑下来，即使没有月光
我也不用担心与亲人走失
或者擦肩而过：父亲没有实现的心愿
何时成了需要完成的任务在我身上
照单全收？落日如盘。一个青年人离我而去
走向墓地深处——哦，他那么年轻，居然被我喊作爷爷。

祭父稿,第二首

父亲去世三年之后,我迈入中年门槛。
四十不惑,曾经多么遥远的目标
就这样悄无声息地
来到眼前:我的儿子顺利升入小学四年级
诗歌的春天,依旧蒙着一层薄霜。

父亲去世三年之后,每年的三月
我不必再专程返回山脚下的村庄为他烧纸
燃放鞭炮。除了春节和中秋节
这些惯性节日,我的怀念
允许越过形式主义在他的坟前小坐一会。

父亲去世三年之后,我为之后悔的事情
似乎比以往多了起来——
为什么没有帮助他为早逝的父母
立一块给生者阅读的墓碑?天堂也有电信局
为什么不提醒他带走生前用过的电话?

父亲去世三年之后,我学会了抽烟
为了与他保持某种爱好上的联系。

父亲去世三年之后,我成了真正的父亲
(一个与传统有关的说法)
在他坟前焚烧诗集不是为了让他阅读。

父亲去世三年之后,山河依旧。
卡扎菲领取了比萨达姆还要羞辱的结局。
我还生活在城市一角,我的土地
还由别人耕种:替父亲活着
活下去,我的梦还由父亲那里出发抵达光阴。

悼念一位意外去世的亲人

一个不服老的山民死于水中。
仿佛要验证一句俗语,他没有捉住鱼
却惹来了腥气。这一年他71岁
这一天,是端午节前夕
北方的麦子刚刚收割,夏天
就要开始了——在这往日般平静的
季节,抱怨漂着死鱼的黎明
像抱怨死者一样,不符合
悼念的原则。他在水中挣扎着
拼命地挣扎着:命是老命
拼是死拼。我想他一定后悔了。
他不读书,但知书达理——
有一次谈到时光,我说,假如时光倒流
他告诉我,那卖后悔药的
在后悔中学习,打发了一辈子。
现在,我想说的是命运
是一个不服老的山民死于水中
藏了几十年的秘密,被带入黄土以下
而生活,依旧呈现原来的面貌。

悼念另一位意外去世的亲人

这一次是车祸:当制动失灵的卡车
比狂奔时代更为迅猛地撞飞了
摩托车,钢铁的痛苦,和人一样。
这一次我终于相信了命运
和命运的安排——
他那么匆忙地去买一辆婴儿推车
那么遗憾地,把这个愿望
带到了另一个世界。
一个人消失了;一个亲人
突然消失了——我没有流泪,哭泣,
过度悲痛(尽管,具体的悲痛
允许被夸大,被理解)
在暗夜般的寂静中,疲惫的
心灵,正慢慢地回到
继续的生活。而他的女儿
将在继续的生活中听人说起
一辆婴儿推车的故事
车祸之后,它从未出现,却夺走了
她一生的父爱;她将从我手上
继承一张王夫强的身份证

和一首悼念的短诗——那时我将对她说
"人嘛,生于偶然,死于必然。"

外公

这是 1984 年,夏天,山洪暴发
高音喇叭里传来一声枪响
外公动了一下。这是一个喜欢咳嗽的
老头,对生活做出的最后反应
这是巧合,被读书的少年
视为历史的巧合,储存在记忆的捷径中
(有人辞世,有人射落了金牌)
这是乡村的葬礼,哭哭啼啼
这是墓地,时而草木葳蕤
时而枯枝寒鸦,一抬头就能看见
河流穿越镇政府的驻地。这是怀念
和怀念过后,夕阳般的倦怠
——在记忆的捷径中,记忆并不可靠
这是金牌岁月,外公的教训。

为姨妈去世而作

姨妈,你去世后在灵堂里被讳称为
"韩府高太君"
你有三个女儿,一个儿子
他们看上去一样悲伤——

你的一生只与一个村庄有关
但你不知道邮票所以也不知道拿邮票
来类比它:共用的井台
永远是潮湿的,而疾病

比不上与赡养有关的争执
令你晚年更加沉默
现在,你和你的身份证、老年证
你特别叮嘱不要烧掉的衣物

在黄土下,在你早年去世的丈夫身边
安顿下来。你的一个女婿
在曲终人散的酒席上
因醉而涕,或者因涕而醉——

唉，山东不是山西，亲人
终归是亲人。姨妈，你失明的哥哥
还在抽烟，你唯一的妹妹
获知噩耗后一脸惊人的平静

你疼爱过的外甥只是赶巧参加了
你的葬礼——围观的人说
死是解脱，他表示赞同
并且决定写一首你看不到的诗留在人间

为舅舅去世而作

疏于联系的表兄打来电话,传达舅舅的
消息,当然,肯定是不幸的消息
一个活到了 80 多岁的
乡村老人:只有死亡能惊动亲戚们。

电话里的表兄连悲伤的形式主义
也摒弃了,我只好把节哀顺变的慰唁
截留在唇边(舅舅的外甥
好像还有另一个称谓:外甥狗)

但我决定赶赴三百公里奔丧并对母亲
隐瞒这件事情。晚年的舅舅
活得异常黑暗,不过除了眼睛不够争气
母亲以为他将活到令人吃惊的年龄。

舅舅姓高,他的身体跟他的姓氏一样
魁伟。我的童年曾在他那里
获得过长期做客的优越感——
小小的村庄,容得下我所有的亲戚。

家族的墓地在山腰。在纪念外公的
一首短诗中,我曾写道
在那里能看见河流穿越镇政府的驻地
那时,舅舅就站在我的身边。

那时,舅舅还没有和收音机相依为伴
还没有跟我谈论震惊一时的新闻事件。
像博尔赫斯描述的失明那样
黄昏的降临还只是一种缓慢消失。

舅舅去世,从根本上平息了两个表兄
关于赡养的分歧。舅舅去世以后
这个村庄也不会再有长辈令我偶尔牵挂。
夏日山洪暴发,冲走了一个时代。

(选自《诗刊》,2017年第3期)

中卷·辑三

道路一灯如豆

时间附录

科学家从来没有停止对火山的观察
和探究——他们一开口就是
45亿年前，岩块碰撞，和由此产生的
4500摄氏度的高温（贮火的胚胎
诞生于想象），伺机逃逸的热量
被收编为看不见的愤怒
日日做着揭竿而起的惊天之梦。
即便火山拯救地球于覆冰
据说也已过去七亿年了——仿佛时间只是一个
概念，致力于给科学打打下手
仿佛二氧化碳的英雄史，未曾发生。
对于地球的认知，文学家
并不赞同科学的立场，他们不关心
鸡和蛋的出场顺序，更无意沧海桑田
晋升为献给地球的赞美诗
却把爱情比作火山：汹涌的
岩浆，是发脾气的温柔惊魂失魄
是获胜的老虎把武松逼回了
武松的老家——抒情
虚构了记忆？不，那只是科学家

过于迷恋以亿年为单位的

光阴所分娩的错误,岩块碰撞的孕育

也无非任性的证据在美学履历表上

且战且退,下一次火山

爆发前,阿米亥的忠告依然有效

——啊,不要爱那些远来者

因为火星不堪寒冷,而金星又实在太热情了。

隐藏键

输掉了记忆的人,做出登高望远的样子
其实他只是一个弃儿,在台阶上
涂鸦:道路一灯如豆,时代哭笑不得

出售门票的牌坊和庸俗的喜气洋洋
相得益彰(都不是生活的敌人);他修了一条
游客止步的松涛小径,但你是个例外

啊,电视塔上的霓虹灯仿佛捐躯的梦幻
玫瑰骄傲如衙内;数星星的情侣
乏善可陈,可没了他们谁为光阴出庭作证

他虚构了一座山,虚构了一个登山者
学着天气预报员的口吻写公开的
日记:今日暴雨(当然,反过来说也对)

坐下来谈谈吧——山巅也有力不从心的
时候;天空也有被怀抱收编的时候
青春,在低档上也有暂且疯狂的时候

他把爱的事物想象成图书馆的模样
你偶尔读诗,却做了诗人的家长
在招安的命运中建立着隐藏键一般的举义的奇迹

西风烈,东风温柔

"冲出叙述而抵达了意义。"春夏之交
南部山区的绿色还说得过去。
远方来客,还没来得及抱怨迟到者。

有些话题尚未展开,有些诗篇
尚未死去活来,像时光,长着一张反复的
脸;像寺庙的狮子,欲言又止。

茶喝到淡处。罗马在欧洲。记忆
是一剂良药,遗忘是另一剂。
苦行僧的背影大于任何一部小说。

"冲出叙述而抵达了意义。"春夏之交
何为叙述,何为意义?庭院里
弥漫着马褂的气息,何为马褂?

塔林的传奇藏在地下。75年后
诗人获得了一片形式主义的纪念公园。
(济南号死在济南,纯属巧合)

谈论逝者必须慎重——但活着的人
为什么让逝者一再失望?
乘船渡海,羞愧的故乡一片浩渺。

"冲出叙述而抵达了意义。"春夏之交
有限的激情用孔子教的方法
与黑暗辩论,孔家就在附近。

景色渐渐收拢。南部山区的夜晚
就是这样,谁的锅里煮着谁的
痛苦——嗨,痛苦有什么值得一提?

那么,梦境呢?梦境曾是诗歌的托词
与诗歌同病相怜。西风烈
东风温柔:晚安,山区;晚安,你。

马赛马拉

这里是非洲,非洲东部,东部的大草原
草原上的肯尼亚,这里是地球的伤疤
东非大裂谷,这里是
马赛马拉国家公园——野生动物们的天堂和战场。
这里是导游彼得的工作之处
他开一辆简陋的吉普,拉着游客
穿梭于马赛马拉的长雨季。
这里是由南往北迁徙的动物军队
滚滚而来,食草动物在前
食肉动物在后。这里是马拉河
这里是马拉河的渡口
狭窄的驿站,每年都要接纳超过一百万只角马
和斑马一拥而下,迎着暴涨的
激流,鳄鱼之嘴,以及自身的践踏
奔向对岸寻找有水的草地
隆隆的蹄音闷雷一样
此起彼伏——世界上最悲壮的生命之歌
并非由人类唱响:一半的角马
无法回到它们的出发地
但四五十万只幼小的角马将睁开

观察天空的眼睛。马赛人从不计算牛羊的数量
涌向马拉河的角马也不担心自己的
宿命,与大地发生冲突——
这里是马赛马拉,当食草动物们
总是向着一个方向不安地张望
狮子出场了,身上披着热气球的巨大阴影。

寄存之歌

最初,我们的身体寄存于无中生有的想象。
寄存于母亲的子宫,父亲的怀抱
寄存于婴儿车,幼稚园
小学校,寄存于成长的风和肇事的
好奇。最初,我们的记忆寄存于表格,证件
迁徙,计划生育的一票否决
寄存于谎言和对谎言的适应。
最初,我们的衣服寄存于衣柜,手机寄存于数字
道理寄存于时光,春天寄存于雪莱的
提醒。我们的欢爱寄存于男女
歌声寄存于哑巴的喉咙
我们的美和丑陋寄存于失物招领处。
最初,我们的天空寄存于祖国
我们的孔子寄存于《论语》
我们的牌坊寄存于教科书;我们的笑话
寄存于一本正经;我们的轻浮寄存于竞相推出的重磅
最初,我们的健康寄存于药店
愤怒寄存于粥中;我们的诗篇
寄存于报纸的蔑视;我们的泪水寄存于
江河,骨灰寄存于洪荒。

最初，我们的身体寄存于无中生有的想象——
没有父母，没有家乡，没有历史。

(选自《草堂》诗刊，2017年第8期)

中卷·辑四

这么好的天气，这么好的事情

颂辞

生活的爱好者从不指责世间
庸俗：他们安居乐业
在雨中相遇，交谈，结伴而行
为坏天气寻找一件雨披

他们不在海上大兴土木
玩强盗的游戏；也不在云端漫步
用神仙的箴言教育
嘴馋的孙悟空读书

夜晚他们睡去，清晨醒来
教堂的大钟上吊着
康复的心灵和外省寄来的早餐

啊，伟大的皇帝筑造长城
但生活的爱好者决定
把同情献给死了丈夫的孟姜女

雪的教育

傍晚时分，孤独的雪做客北方
写诗的年轻人激荡，忧郁
他来到出售景芝白干的
小酒馆里，购买最好的风花雪月

他拉着酒馆主人谈论李商隐
但酒馆主人只知道李白
他把酒馆里的女服务员叫作妹妹
但妹妹们需要扫地，洗碗

他用公用电话寻找曾经一起
数星星的女孩——他说
现在的雪花比那一夜的星星还多

但他是一个失败的数学家
有百万英镑，而小酒馆
只能出售无关风花雪月的景芝白干

致青春

秋风浩荡,山中有了些许变化
寺院不再把蝉鸣视为噪音
青春的个体户不再为青春提供免费的
嘻嘻哈哈的解说词活跃气氛

天空慢慢舒展,林梢和山巅
有云飘过。成长的事物
配得上伸出双手接住竹篮里的梦幻
——不愣神的人,哪有人生

通过不同的劳作,获得审美支持
和命运的休憩:汽车站外
失恋的青年以泪洗面
疯人院里,失眠者细数着头发

这就是青春,欲望曾经探头探脑
这就是青春史,青春没有历史

少女诗篇

盛开在垃圾场的鲜花记录了
美的残忍；晚年才学会道歉的少女
不允许在这首诗的里面
跟我谈论骑自行车的方式

我走了三百里，就要到达
这个年龄——把一目了然的抒情
摁死在堵塞的洗手池里
倾城误国，人民，无所谓

把少女比作鲜花——无辜的少女
无辜的鲜花，博尔赫斯说
比喻也是无辜的，但比喻必须死去
被风吹走，被大风吹得无踪

少女：遗忘的角色摔下自行车
少女：提前兑现的保险单

自言自语

在这首诗中,我仍然显得单薄
仍然不能介入生活
看吧,花朵,秋天
仍然落满了被忽略的颂歌

昨天的课堂上,我抱着书本鼾睡
任由汉字在梦中跑完
马拉松,与古老的谚语会师
书到用时,我兀自发呆

还有爱情,这兼职的青春
如今流落何方,为什么不让漂泊的云
捎来安慰月亮的消息

自言自语地在人群中穿行
寻找,犹如久旱的村庄
迎来暴雨,我骑在风声上练习哭泣

野菊花

往往是深秋,往往是家乡的山中
野菊花如期盛开,黄颜色
白颜色,灿烂的
和纯洁的,遍及凌风的山冈

野菊花夺走了大地上的美
这是 1969 年,这是
八月、九月或者十月
母亲在呻吟,生活在继续

三百格以外的流浪在抒情
受过培训的园丁们
不从野菊花那里领取毕业证书

黄颜色,白颜色,灿烂的
和纯洁的——嗯,沉默和忧郁不是
野菊花的初衷,悲伤也不是

果园深处

果园深处,居住着我们的村庄
人群。民歌。这些朴素的美
穿过春天和夏天以后
才能在冬天之前,和我们相遇在秋天

并非赞美汗滴,而是通过汗滴
为我们的生活鼓掌——
果子挂在枝头,如何情不自禁
风,如何在风中缄口不言

果园深处,我们怀念北方
村庄呵,时光在身边也只是一闪而过
明年秋天你有什么打算

就在果园深处,收获的余音
教我从容——时而沉默
时而愈发沉默,热情为挥霍所通缉

田间诗

四月里回乡的人,路过一片
死去的麦地,和一片濒死的麦地
在田间路上遇到父亲
他们,几乎没有说话

干旱在蔓延,麦穗听天由命
戴着草帽的父亲已经
不再习惯看天,而是引经据典
老天爷,请饿死瞎家雀

四月里回乡的人弯下腰去
麦芒摇晃着,扎疼他的脸
和口袋里的赞美诗——他本想说热爱
但爱的温度计,渗出了水银

草帽下的阴凉,失效的欲望
四月,果然是最残忍的季节

挽歌

最勤奋的牛也有力不从心的时候
它的脖颈贴在泥土上面
它的眼睛开始流泪——它的眼泪
和乡村屠夫的目光并无交集

它吃草卖力,总是起得太早
对不住床头;不做坏事冷落
庙堂;从前不认识大嗓门的拖拉机
现在已经习惯柴油的味道

它耕耘过的土地不打算保存
它的遗言;它住过的牛棚
就要住进一头小牛犊,带着好奇

在被放大的世界里,挽歌
不过是一个被放大的说法逢场作戏
老牛不喜欢打赌,却总是输家

事件

事件发生在秋天,与她有关
事件发生在秋天,与爱有关
与泪有关:据说容貌是一封介绍信
但要看落在谁的手里

她没有错误,秋天也没有
但婚期为什么不是花期
苦读寒窗的少年为什么不肯回家
红颜薄命,为什么没有例外

壮烈的梦悬挂在清晨的
树枝上——生不是传奇
死,却惊动了蚊虫叮咬的乡村

她有一个名字正被试图忘记
她有一声叹息已成为生命的绝唱
山区降雪了,悲剧死不瞑目

乡村来信

第一封

乡村来信了。在报纸和公函堆里
家书的政府评估是八分钱
收发室千篇一律,邮递员
偶有好奇——这里居然有小刺猬的

亲戚或者朋友。邮递员像局长一样
把信对着阳光审查了半天
这个运送头版新闻的家伙
对不加密的生活没有任何企图

老作家赞美驿路梨花,新青年
没读过鲁迅的情书原件——某某兄
其实是一个日后修订的称谓

吃煎饼的小刺猬在信笺上画了
一枚唇印:吻,有时是动词
有时是信封里的动词停下脚步等候绿灯

第二封

在四月的乡村来信中,她哭了
她不再说,想你;不再说,很想你
她要替那些死去的麦苗
打官司,把苍天告上法庭

她寄来乡村的近照并在背面
写道:这是证据。镜头里的春天
蓬头垢面;镇上的浴池
再次贴出了涨价的通知

下雨的时候,麦田里的母亲
不肯回家,雨水浇湿了
她的衣衫——我曾虚构实现的心愿

但她含蓄地否定了这饮鸩止渴的
游戏:在四月的乡村来信中
她只想用泪水淹死缺席的被告

第三封

她沿着县城的街道寻找卖青菜的
临时摊位,她的同学
穿制服的市场管理员
擅自替她减免了蛮横的税费

并且,塞给她一张晚场电影票——
去,还是不去?哈姆雷特
来到了五莲县,看电影的
青年男女,心中刮着高于饮食的春风

她掷出一枚硬币,硬币说去
但她看到的却是刑场上的
婚礼:爱情,居然是革命的备胎

她在乡村来信中说,她的同学
最近结婚了,这一次,连掷硬币的过程
都省略了——她说她要卖菜去

第四封

婚期渐近,她的脸上写满喜悦
帖子已经发给了需要者
在镇上裁缝店里定制的
红色的裙子,已经大功告成

她花了三年时间用来恋爱
当然,对于自由恋爱的青年男女
三年算不上马拉松
婚礼,也不过是形式主义

她喜欢读书;喜欢收到来信

并且回信;喜欢谈论将来的孩子
——不被禁止的话题

在一首提前分娩的诗中出嫁
嫁给一个姓王的诗人
这么好的天气,这么好的事情

(选自《十月》,2018年第2期)

中卷·辑五

满脸星辰的人消失了

在山以东

在山以东,这片土地任性地伸入
两个大海的怀抱里——黄河的故事
从西部和高原流传下来
任性地流经州县,不在话下

流经我们的祖先身边,流经
天空早已忘却的荣辱之梦
逝者如斯夫,在孔子老家我们向孔子
致敬:山河也曾沦为花边新闻

我和你,和他,亲人们,老乡们
种田的以及写诗的,我们枕着涛声
入眠,允许梁山梦里称帝
高速公路修到齐国的首都

我们走遍家乡,走遍在山以东
岱顶凌霄,太行山渐渐沦为
隔着两个省的演出背景
只有黄河还在以造地的名义逼退大海

望见山冈

黄昏之后,低于月亮的山冈
迎来了遍地月光,昨天的朋友已经
把信寄到乡下,把笔锋
伸入即将开镰的广大麦田

望见山冈,望见去向远方的路
寂寞而又从容。出走的爱情曾在树上
在鸟巢,在鸟儿的飞翔
和歌声里,诞生,成长

我感动于我的山冈一言不语
又难免伤怀:江山多娇
小红姑娘却不是美人(远方接受我的
致歉,诗歌并非仅有的借口)

望见山冈,疾风起时一片混乱
我写下不能朗诵的孤独
拒绝黄昏的示好:在二分之一的
理想中,满脸星辰的人消失了

纺织厂，1994

纺线没有尽头，织机不知疲倦
工业时代的音符不需要
周末；从一只手到另一只手的忙碌
试图感动生活。春天到了
忙于写本报讯的业余诗人
仍然不许把纺织女工
叫作织女——她们每天都在微笑
她们的爱情得到了锦绣祝福
清晨，上完夜班的身影
走出工厂，1994年的阳光刚好
照在她们脸上：这集体的
艳遇，值得私下收藏
这美的流动沿袭了经纬的注释
刚好命令斜顶的车间退为背景

早春与少女

群山远黛近青,汲水的少女
伫立井台,任由早春的风吹乱心事
像一个受委屈的孩子
重新得到了母亲的理解
和爱抚,汲水的少女哭了……
天空有鸟飞过,阳光落在枝头
早春,我们最先看见
这样的风景,心底不禁泛起一种
江山未秀的爱和怜惜
这一年,久违的北方田野
依旧跑着放风筝的孩子
长长的目光一直飞到了云天之外
生活的摇篮不是爱的迷宫
青春之歌允许死于不加密的
备忘录:放风筝的孩子
修订着合理的想象和不合理的想象
早春,汲水的少女哭了
汲水的少女为什么哭了
群山远黛近青,不打算说出原因

槐花凌乱

时令已是初夏,槐花依旧热烈地
盛开着,微煦的风吹来了
朗诵诗歌的声音——
有吻的时光,讴歌的主题在变小

仿佛所有温柔都已抵达脸庞
这不奇怪。有吻的时光
像槐花热烈地盛开着,热烈地凌乱着
像寻常植物也懂得怜香惜玉

有吻的时光,诺言被忽略
有吻的时光,思念失去了
归宿——只有槐花热烈地盛开着
热烈地凌乱着,扼杀了秩序

重返谷雨村庄

邀请朋友们到地图上旅行
某年某月某日,重返谷雨村庄
青石板的街上依旧走着
担水的乡亲,他们身后
依旧一片潮湿。这是我从小
见惯的:我们打着招呼
似乎漫不经心,又似乎原来如此
——地图上的旅行者
试图在地图上打一口深井
但谷雨只是一个节气
但春天并不需要电信局的通知
母亲的白发越来越多
  (她不会唱歌,所以也不会
觉得歌声比生活重要)
她抬起头来,差点儿
认出了她的儿子:某年某月某日
重返谷雨村庄,一切如昨
只有我,似乎变了
只有异乡死于地图上的旅行

村庄与人

一些有水流过的地方,一定会有
一些村庄在那里生老病死
季节轮流做东,庄稼摇摇晃晃地成长
开镰的日子,女人大声地
说笑,男人们已经开始盘算
麦收以后的去处。热风
一阵一阵地吹来,金色的麦浪
在他们心中起伏着,奔跑着
令大地眩目而又不安
这些用碗喝酒用汗水洗脸的汉子
农闲的"修正主义者",他们
在阴影下乘凉,被旅游局忽略
把无法携带的村庄留给
女人——啊,不要谈论聚离
再慢的火车也有抵达终点的时候
不要指责生活,哪一处
建筑工地,没埋着悲剧
不要阻拦炊烟升腾,那是命运的灯盏
在乡土的时代告白中请求发言

偶尔年景不错

偶尔年景不错,乡村堆满
玉米或者谷穗——假如它们不避开
母亲:勤奋的乡村劳动者
清贫生涯的主人以及
美好事物的象征,喜悦就能
取代人间的叹息安慰
我父亲的鼾声、呓语
和咳嗽。假如它们不避开我的
写作——这怎么可能
晚秋疲倦,我只是一个
妄加评议的爱好者
还没学会偿还寅吃卯粮的亲情
偶尔年景不错,我却
以梦为马,和一个短发的
女子,在落日下拍照
在落日下抒情直至群山崩溃

村庄以东的麦田

村庄以东的麦田,两个站着交谈的人
面孔模糊。时间过得很快
庆幸的是青春还有阴影——
此刻,仿佛最好的诗篇就在这里

麦子即将转移,消息传遍乡下
一年中极其重要的美逼近
村庄以东的麦田,夜行汽车的远光灯
覆盖了公路上拒绝拐弯的月光

成熟:一个星夜兼程的话题
麦田守望者:生活的晚辈
在习以为常的干旱中雨是客人的主题
刺天的麦芒上晃动着风的广场

村庄以东的麦田,只有两个人
在站着交谈,低声地交谈
唉,仿佛最好的诗篇已被别人写过
夜长梦多的心请求葬于午夜

四月底的一个下午

麦子打完了,麦场上的阳光
凌乱不堪;父亲在酣睡
坏天气像半道游戏杀回了气象局

他的草帽,戴着麦秸垛
他的老脸,又黑又瘦
他的鼾声,呈现出忘我的健康

过于夸张的花朵反而无人领取
——不是父亲,而是
父亲的愿望——拦截了我

啊,不向生活求教的诗人
也不配对命运指手画脚
四月底的一个下午,父亲替我醒来

田野上的父亲

丰饶的乡村上空掠过了庄严的白云
田野上的父亲,喜欢把收割
写得如临大敌:每年秋天
都是这样,每年秋天我都要
回到老家住上一些日子
在父亲的忙碌、疲倦和咳嗽中浪费
稿纸。乡下并不待见修辞
勤奋的诗句也难以成为
父亲的下手——除了庄稼们
年复一年替他矫正心情
除了炊烟,搀扶着村庄
我用虚构的叹息安抚他的理想
田野上的父亲只是希望
被我视为知音的秋雨别再增添他的烦恼

每一片落叶上都住着风的悼词

与父亲在一起，说说墒情、种子
这一年的收成——土地之上
我极目眺望，时代中的乡土诗篇
日渐没落：秋天沦为郊区
播种的时间、地点和人物
失去共鸣：每一场雨都会洗去一些痕迹
每一片落叶上都住着风的
悼词（有人忙于收获预言
有人想把雕像退给石头）
当时代中的乡土诗篇日渐没落
父亲认为，一眼看到终点
生活就会提前死去
父亲还认为，头顶的高压线吊不死
老天爷，只肯拜访春天的人
是可耻的——对此我打算赞成

桃园附近

我从冬天赶到来年春天
看见太阳升上林梢,照彻桃园
桃园里有诗,有人家
他们是我的邻居可我已经
叫不出他们的名字
我曾去桃园深处看风景
他们只是住在附近
靠近桃园却过着远离桃园的
日子,他们是我的邻居
知道我的丑陋和隐私
但不抛弃我——他们是生活的桃子
有着被吃掉的命运
却从来不替我们发表观点

生活的洪流

暴雨过后,河水变得浑浊不堪。
说来你不相信,在去往县城的路上
我忽然清晰地看见了洪流
和生活的洪流(狭长的
河床中,它们曾经是浪花之歌
溅湿了我的青春)。河岸一侧
破旧的公共汽车奔跑着
我在笔记本上写道:"生活的洪流
滚滚而来。"车厢里的男人
在吸烟,女人们在说笑
吃樱桃的孩子耐心地盯着窗外
怀有身孕的少女默不作声,昏昏欲睡——
从一次具体的生理变化开始
爱情结束了,爱情的记忆
像雨后山区的绿色
越来越不着边际。破旧的公共汽车
始终奔跑着,生活的洪流啊
这样清晰,却从不值得多么惊讶。

写母亲

母亲,你从乡村路上向我走来
既不歌唱,也不哭泣
也许,你的青春曾经堪比花朵
你的忧伤曾经无处倾诉
可我只能借着事实
证明另一个事实:你出嫁了
你生育了,吃奶水长大的孩子
流着你的血液,消磨
你的有光泽的记忆——
母亲,你从乡村路上向我走来
把爱过的人再爱一遍
离恨过的人,再远一些
长着素食主义者的胃
却从不拒绝为我准备鱼肉之餐
母亲,你从乡村路上向我走来
有一张自己的身份证
上面错写着别人的名字
有一封来信,或许此生难以收到了
还有一场令人期待的爱情
但它从来没有发生过

母亲,你从乡村路上向我走来

既不歌唱,也不哭泣

我用第二人称写你,却用第三人称

观察父亲:毫无疑问

你们都是我最爱的人

但你知道我为什么要这么做

再写母亲

九月来临,北方的乡土爱情
获得一个说法。九月来临
秋风传递的,母亲的
喜悦,仿佛阳光在午后的田野漫步

火红年代的呈现完整如昨
母亲,我看见不曾改变流向的河
替童年洗澡,我遇上了
我——追赶流水的孩子

你揣着一块钱到诊所里拔牙
你做一碗面,为我庆祝生日快乐
在农业的竞赛中你领取了
腰椎疼痛直到丧失竞赛资格

那时候,所谓日子,多有清贫
那时候,你还未曾衰老
远方还在山冈;那时候
我还没有在菊花面前谈论美和象征

献给祖母的诗

她是我从来没见过的
一个女人,她是我怀念的祖母
发间栽满野生的花
唇边藏着方言讲述的欢乐

在北方的田地里除暴安良
她是拔草的主人,脚上
沾满泥巴;是落日兑现不了的星光
安慰着记忆的饥饿之夜

她是我从来没见过的
一个女人,独自走在回家路上
清晨,炊烟袅袅
黄昏,孩子尖叫——

大地、故乡和我渐渐暗了下来
河流失语,流泪的父亲
像一个失败的独裁者
寻找细节,细节已朝丝暮雪

(选自《诗歌月刊》,2018年第8期)

中卷·辑六

远山呈现出健康的形状

偶尔还会想起

终于到了满足往日心愿的时候了
——写一首诗,献给爱情
但爱情已经生出隔夜的
味道——成熟的另一个说法
叫作朽烂——坏脾气
属于个人财产适合自我珍藏
可爱的青春才是向青春致意的理由
失落,淡定,都不值得
一再提及——偶尔还会想起
从前的风刮过夏季
旅途,以及旅途中的风景——
马赛人从不计算牛羊的
数量,远山呈现出
健康的形状……啊,爱是一种伟大的
存在,慢慢降临的黄昏
却有足够的耐心适应遗忘

兼致

在我的唇上,一群异名者
和半异名者,填平大海
坎波斯,雷耶斯,卡埃罗,索阿雷斯
他们和我一样,都是单身
都写诗,他们互相写信
互相评论,甚至互相翻译
彼此的作品:退潮的沙滩审判庭
留下无人接听的电话
无人领取的原告的面具
和未来的下落——假如未来也有下落

造船用材林

为万木立传的画家,一个人创造了
一个画派:希施金,森林的
歌者,在俄罗斯画布上种植
造船用材林,每棵树都是风景在绝唱

一生只做一件事情,让林边野花
杂草,簇拥着北方旷野中的
树木——嗨,当代表作多到以树木为计算单位
甜蜜引发的烦恼,就算另类褒奖吧

据说他对树木、野花、杂草的
写生和研究,达到了科学家的程度
据说,溯源也叫作逆行
航海家的日志允许写在桅杆上

为万木立传的画家,万木是授权的传记
1898年以后,船厂死了一种颜色

退回来的信件

退回来的信件长着一张无辜的脸。
退回来的信件
长着一双夭折的翅膀。

它曾飞越千山万水,但地址
变成了遗址,收件人
变成了查无此人(此人是谁)

它把去时的路重新走了一遍
回到家乡——像一个考砸了的孩子
悄悄藏起卷面上的祖国。

退回来的信件已无秘密可言。
失效的问候,失效的见字如晤
失效的某年某月某日。

无疾而终的旅行属于失败的范畴。
幸运的是,失败已经很多
已经谈不上疲倦和无限沮丧。

孤独六行

一个人逛超市；一个人看电影
一个人喝醉；一个人唱 KTV
一个人打赌；一个人看海
一个人搬家；一个人游完迪士尼乐园
一个人去医院排队做手术
一个人夜里哭泣并贿赂死神

树枝摇晃

多年以前的一篇文字,与题目
完全吻合:没什么意思

捞鱼的人试图记录一个事实
但是,鱼有另外的想法

阔绰的医院也有束手无策之时
镇定之心也难免暗自哭泣

天空阴得如此暧昧,正好适于
阅读1902年的诗篇——

欲望这种东西,说什么好呢
除了树枝,在树枝上摇晃

相信他——没有见过的荷马
阿喀琉斯的愤怒不可能藏于脚踵

哑巴说

角落的囚徒，沉默的拥趸
我不说话，我就不是哑巴
而投诚亦非褒义之歌
任由造反派接收：我在旷野走动
我就是《春秋》《史记》和《诗经》
我在黑夜赦免星星
我就是岌岌可危的浪涛
被风安慰；我在候车室
打听高速铁路的下落
青春来来往往，披着岛屿一样的外套
撒娇的春天和该死的梦
使用同一部手机；给咖啡里
加点儿风吧，我不说话
我就不是哑巴，非处方的时代
需要被吹走的力量告上法庭

杂句

车辆停好,熄火,关闭灯光
握方向的手陷入男性的沉默

午睡者醒来,窗外,是暮春
鸟鸣与麻将的战争分庭抗礼

到父亲墓前抽烟,欲言又止
微信在刷屏,中年日暮乡关

世界从我身边走过——忧伤
大致如此;绝望,无非如此

马桶之歌

赞美马桶就是赞美生活。作为一项
伟大的发明,马桶
配享这个肯定句:出身豪门
却愿意为所有的人提供
方便——像足球一样,它的祖籍
在中国,乳名虎子(飞将军
射虎,并铸虎形的铜质溺具,
用以蔑视虎兽),它的身份
拥有海归元素:1596年
英国人约翰·哈灵顿造出了第一个
带水箱和冲水阀门的
实用马桶,贵族的事业
允许起源于游戏。有人试图给它戴上
恶之源的帽子,但消耗用水
并非马桶的专利;但中国
已用惊人的速度平息了
与坐便器发生的摩擦。赞美马桶
就是赞美生活——毫无疑问
马桶配享这个肯定句
例如,我坐在马桶上写这首诗

你亦可以坐在马桶上
读它:赞美马桶虽然有点
不够含蓄,却好于撞脸的风月无边

(选自《广西文学》,2019年第1期)

中卷·辑七

不大于河流的命运

居山林图

富有诗意的养鸡场不在北方的首都
也不在南方的昔日首都——
要想到达那里,需要回到村里
需要涉过一条季节河,需要爬上一座山的
高处,需要一个中年男人
同意之后,训练有素的
公鸡和母鸡们,才肯列队欢迎
诗人到来。云端的逍遥来自
被闯红灯的婚姻——我们一起抽烟
谈论已婚女人的私奔:"她终究
还要回来。"他的自信
和他的烦恼一样多,他的烦恼在于
不知道女人什么时候才能回来
就像我来到这里,需要
一点点耐心与河川对抗。漫步山林的母鸡
比女人稀罕多了,鸡飞蛋打的游戏
早已不再令他愤怒——
"人生就像眼前,"他用手比画了
几下,眼前是,阳光,山风
几百只不谈国事的母鸡

飞来飞去,"下次再来,把手机故意落在
家里吧,这里虽有信号
但母鸡们不需要移动也不需要
联通:诗人,你太渴望表达了。"

日常记

庙堂不是学堂，却曾负责监督我们的规矩。
现在我要说的——不是庙堂问题
而是丧失庙堂的问题——
我们在微博上制定道德的标准
在微信中用一个人的道德标准
管理一个人的帝国
哦，游戏本无过错，自拉自弹自唱
也是（一旦当真，就不好玩了）
渴望点赞的人还没成年
随便点赞的人，何尝不是如此
美极了，惊呆了，恨透了
我们几乎用尽汉语的顶级词汇
却不复南柯一梦，不复
同床异梦，在电脑面前
电视机面前，我们比帝王还要忙碌
我们允许比帝王还要忙碌
我们甚至允许不知道
帝王是谁。是的，庙堂不是学堂
却曾负责监督我们的规矩
而昔日的光荣只能活在昔日——未来

也有昔日,未来的昔日中
我们没有名字也看不清
面孔,除了手机屏幕上的幽亮
折射虚拟的存在:微信爱好者
微博爱好者,不久前的……短信爱好者。

河边偶书

我决定和儿子讲一讲这条河流的身世。
我决定从一首旧作开始
和儿子讲一讲不大于河流的命运。
此岸和彼岸成为哲学命题中的互换角色。
我没有公职和公职馈赠的假期
也没有买票上船游览的习惯。
那些穿红色救生衣的游客多是制度的奴隶们
连下午的阳光也不配拥有。
是的,这浑浊的洪流就是乳汁。
这九个省的家长看上去一点都不严厉。
太阳落向上游,光线
照在下游:一座百年铁桥
在火车经过时阻拦不住铁锈掉到河里。
以前我以为铁桥已经废弃,曾打算写一篇小说
纪念发生在它身上的传奇——
骗子在报纸上打出广告
要把这堆不属于他们的庞大钢铁卖掉
以退役的名义,只差一点就大功告成。

乡村来电

母亲想在自家院墙外面栽种一棵樱桃树
但遭到了邻居的私下反对——
像以往那样,他们并不
找上门来,而是偷偷在樱桃树下
灌入了斩草除根的农药。
母亲很生气,很愤怒
很无奈:她从三百公里远的乡村
打来电话,控诉蛮劣的
邻居,她的耳朵前几年
出了一点故障,已经不习惯
拧低音量跟别人说话。
她希望儿子能够给予她村委会给予不了的
公正:我父亲在世的时候
这种问题一般没有机会
走出村子。电话在两个耳朵之间
不停地换防,我频频点头
用一种母亲看不见的方式
声援母亲——樱桃树有什么罪过?
在自家院墙外面栽种樱桃树
有什么罪过?啊,一个年逾七旬的老人

毕生吃素,偶尔向儿子
倾吐夸大的委屈有什么罪过?
母亲,只要你喜爱生活
我就从来不担心自己写下
失败的诗篇——失败的诗篇有什么罪过?

母亲的晚年功课

夜不成眠曾经不被母亲视为一种疾病。
年轻时,她忙于劳动,生儿育女
并没有觉得黑夜
有多么漫长;黑夜的漫长
有多么可憎和不胜烦扰。
到了晚年,这个问题
才逐渐浮出水面:母亲的身体
越来越糟,叹息和担心
则越来越多——每天至少吃三种以上的
药片,偶尔还让我去买安定
并且特别叮嘱:"药店不让买多。"
而我则习惯了清晨醒来
问她昨晚睡好了没有。
夜不成眠曾经不被母亲视为一种疾病。
但现在,不仅沦为一种痛苦
而且变成了她的功课
和我的请安内容。母亲乘坐长途汽车
来到济南(一个三甲林立的地方)
带着高血压,冠心病
和乡村的清凉,希望换个地方

在梦中与自己相安无事。
她一生吃素，不识字，这样的逻辑
发生在她身上一点都不奇怪。

祝寿侧记

王木金46岁时,决定为自己祝寿。
之前,他刚经历了一次没有女方在场的
离婚;再之前,他经历的
是一次没有女方在场的结婚。
王木金买了46个礼炮
从他修摩托车的铺面,到设宴的饭店
一路燃放,拉礼炮的皮卡车上
悬挂着热烈的横幅——
全国人民祝王木金先生生日快乐!
寿席上,王木金接到了
一位女性来电——像博尔赫斯
雇佣街头的问候者一样
王木金微笑着按下手机免提
接受祝福,并且和对方开起了玩笑
一个荤素搭配的段子
曾在短信中横飞乱舞。
祝寿的花费,来自王木金的形式主义婚姻
所产生的利润:有人需要超生
而他,成了游戏的
环节之一。这个村子里最为著名的

单身汉，曾在修车铺的墙上
写过：爱情是一种奢侈品。
还曾写过：人类本身就是一个骗局。

婚姻后遗症

王木金的婚事来得突然——仿佛天上真的
掉下了馅饼,但也走得蛮横
——谁说天上会掉下馅饼?
祝寿也没有摆平他那颗愤愤不平的心。
王木金不停地喝醉,不停地
在修车铺的墙上宣布自己的思考
——被勾引的爱!
——天涯何处可消忧!
王木金开着拖拉机去镇上造访高人
他要找到一个不存在的答案
解决不存在的问题(馅饼
已经没了,为什么馅饼的气味阴魂不散)
十年生死,王木金的爷爷
让高人捎了话来:住处遇到
故障,门前需要修整
王木金决定移动墓碑满足爷爷的心愿
(其实是满足自己的心愿)
——这一次,王木金的父亲
没有从墙上,从墙上的镜框里走出来
责骂儿子,在婚姻这个问题上

王木金的父亲觉得

无论生前死后,他都没法跟王木金的爷爷

交差,也有愧于王木金的长夜孤独。

父子恩仇录

双重痛苦比一件痛苦容易
忍受得住:你可愿意试它一试?
——尼采

父亲,一个不成功的过来人:他种地
不甘于种地;做生意,在哪里跌倒
从哪里爬起来,从哪里爬起来又在哪里跌倒——
屡战屡败和屡败屡战其实属于
文人的游戏。娶了一个不喜欢的女人
仿佛用来吵架,但生下两个
儿子,顽劣不堪的老大
和聪慧不已的老二——上小学时就被老师视为
读书即将改变命运的活教材。
老二的每一次考试,都让父亲觉得
自己又向好日子靠近了一步
虽然乡镇的初中和县城的高中
正在逐渐拉大父子间的
距离——事实上,危险早已萌芽只是父亲有所不知
老二仍在读书,兴趣却已转移到了
尼采身上。对于一个乡村少年来说

哲学犹似洪水还没有学会疏浚
老二梦见尼采，遇见尼采，渴望像尼采一样
生病，漫游，做年轻的教授
写不朽的文字，把县城的马路当成
都灵大街，抱住熄火的拖拉机
泪如雨下——父亲去接老二回家的时候
医生已经开出了诊断书
读书果然改变命运，而且是一家人的
命运，只不过这次搞错了方向
老二疯打癫骂。母亲以泪洗面。父亲借酒浇愁。
已经另立门庭的老大不让孩子接近叔叔。
不久，父亲在院子里大兴土木
砌一道莫名其妙的石墙并且拒绝
邻居们前来帮工，至于老二
哦，没有人注意那个精力充沛的傻小子去了哪里
消失是一件多么稀松平常的事。
石墙砌成后，父亲仿佛一下子进入了
晚年，像一个哑巴望着远山
久久沉默。多年以后，父亲的残生
迎来弥留之际，他对老大说
拆了它，把你弟弟放出来吧
我要和他在一起，我还有很多话要跟他说。
它是什么？一堵多余的墙
莫名其妙地立在院子里——
父亲的秘密，从一开始就被识破只是不肯有人
戳穿。尼采说，孩子不弄坏什么，日子就过不下去
村里人认为，父母也有这个权利。

离家最近的火车站

带着自己改制的发令枪，老朱和妻子
连夜开始了逃亡的人生——
不能坐车，不能走大路，不能近家乡。
留在身后的是，被一枪击穿的
信用社主任，他的上司。
警车包围的案发现场。
版本不一但持续发酵的市井新闻。
以及年迈的父母，托付给亲戚的幼小孩子。
逃亡，是一种看上去很美的旅程
老朱弃了发令枪，只带着
妻子——这个被他的上司
侮辱过的女人，支撑着他走了很久
走了很远，他乡渐成故乡。
在被夸大的绝望中，老朱越来越
讨厌天空；在绝处逢生的
希冀中，老朱不写信，不上网
不用电话，他跟妻子约定
如果走失了，离家最近的那个火车站
将是他们寻找对方的唯一地点。
不幸的是，15年后

他们真的走失了：修鞋匠老朱
通缉犯老朱，在警察面前撒腿就跑
而且，跑得无影无踪。
他的妻子，后来就到
离家最近的火车站——几年前刚通铁路的
地方，摆了一个披星戴月的小摊
生活的传奇在于，她等到了
老朱出现，当然——警察们也等到了。

（选自《文学港》，2019年第7期）

下卷·辑一

序曲,或者开始

在山大,在小树林

1

那些走动的人,总是拖着奋斗的
影子,而书卷气息适于怀念。
在山大,在小树林
清晨历久弥新,上课之前
我有几分钟时间,安静地坐在那里
听听风声,听听晨读者
在中国的大地上背诵单词
用英语问候,嗨,早安。

2

它们风华正茂,像朝阳升高
它们是一个方形的群落
讲着植物的课:一棵树叶子凋落
其他的树便跟着剧烈地晃动
一棵树生病,其他的树
都着急,都情绪不高;一棵树死了
其他的树就集体陷入了回忆

3

毫无疑问,学生们清纯,可爱
值得艳羡。尤其女生。
含苞待放的岁月,想不可爱
难哪(鲜花比喻少女
属于永恒的定律)。走过她们身边
我哪里还有勇气提到诗歌
我哪里还有勇气
提到过去:它们老气横秋
已被我追赶不上的青春无情地抛弃在
旧人暗泣的孤独中

4

但别人放弃的东西在我这里得到了
额外的珍惜。这是命运。
这是命运的交易尽在不言。
从前我一直不相信。
现在呢,信则有,有则信。
这是惊雷唤醒的村庄,闪电照耀的路。
这是没落的显贵两手空空
企图抓住从前的什么,和什么。
这是信使夭折,在途中
写着地址的消息望眼欲穿。

5

不成长是不可能的。从小到大
树木接受和人一样的教育
但小树林似乎例外——至少从名字上
看不出有什么紧随时代的变化。
时光在流淌,永恒的时光
流过小树林的乳名,恒牙
流过事物表面,我们的眼睛和耳朵
然后继续向前,向前。

6

恋爱者在铺着报纸的石凳上
拥抱,接吻。他们的爱
栖在唇齿之间,旁若无人。
他们的爱没完没了。
他们身边,缺乏喝彩的智力测试
已草草收场:请帮助文明的穷人
从自动售货机里取走可乐
或者矿泉水(答案
详见最后一课,最后一章)

7

在另一个清晨。薄雨。轻雾。

春光乍泄。一只路过的鸟
歌唱着；一两声路过的鸟鸣
捎来了郊区的问候。

有人把它们比作城市的伤口
有人在潮湿的伤口上撒盐
纪念去年的寂寞：沾满鸟鸣的落叶
或者，有着落叶形状的鸟鸣

8

坐下来谈谈命运吧，谈谈命运中的诗歌。
一群新时代的老青年
已经站得太久了。
在山大，在小树林，在渐渐光滑的
石凳上，一群新时代的老青年
开始坐下来谈论命运
和命运中的诗歌。他们已经站得太久了
哦，他们已经站得太久了

9

现在是初春，他们命运中的诗歌
不在这里；现在是春夏之交
他们诗歌中的命运，不在此时
现在是暑期，北方的雨季还没有到来
而高考已经结束了，现在。

10

几个醉意朦胧的人在玩游戏。
他们围成一圈,把手绢
丢在身后,再从身后找出来。
几个醉意朦胧的人
在玩游戏,他们的热情
一点也不比幼儿园的小朋友逊色
——仿佛童年的地盘
不是只有一块手绢那么大
而世界,已在小树林的旁观中获得了
幸福的感觉和存在的意义

11

老师跟前我是一个不合格的学生。
老师跟前,我曾努力
做一个屡受表扬的听讲者。
我背叛了我,这是一个问题但不重要。
重要的是,我不想乞求谅解
我已经习惯了没有老师的
生活——我无师自通,从没考虑
把爱献给哪一个具体的人。

12

相爱的人把名字刻在树上
把需要处理的物品
写在海报上(也许是劳燕分飞的
另一种纪念)。相爱的人
生活中的饮食男女啊
对于婚姻,小树林已经给予了
不逊于青春和爱情的理解

13

"人生短似林中之路。"
而那些喜欢热闹的人,正在谈论寂寞
而那些性欲旺盛的家伙们
正在讨伐妓女的随意性
而这首诗,显然是失败之作

14

对小树林施虐,拳打脚踢
他是植物的罪人,爱情的
牺牲品,安宁大地上唯一的失眠者
(他想号叫但城市已经忘记了
野狼出没的荒蛮岁月)
世界在做梦,他内心的责任田

在废弃。午夜披着月光

一个男人的感情诉讼

披着霜露——他是植物的罪人

爱情的牺牲品,安宁大地上可怜的失眠者

15

这里没有主人,我却接到了

邀请(世上奇怪的事情

何止这些)。在山大,在小树林

我和身体里的我,打着

招呼,我们是镜子

相互照耀;是破碎的镜子

把一个国家划分成若干省份

啊,这里没有纪律

没有制度,我却比任何时候都渴望

做一个潮汐有序的良民

16

第一次,他收走晚报(已阅)

第二次,拣拾被遗弃的矿泉水瓶

(已空空如也);第三次

他挥动扫帚,试图让黄昏消失于尘土

和尘土飞扬中(快要下班了

他忙了一天,忙了一生

似乎就为天黑时松一口气)

17

日暮时分,我活得疲惫不堪。
在山大,在小树林
我怀抱一本诗集昏昏欲睡
诗人已经辞世而他的诗篇仍在生长。
草坪上,全副武装的博士
做出胜利的手势,合影留念——
祝贺他们,终于有了一个快乐的黄昏
不再去翻书,黎明就要到来了

18

怀念梦,像阴天的小树林
爱上了自己的影子;校园绿地
通过精致的自动喷灌机
再现一场豪雨淋湿水泥建筑的心灵史
青春未婚先孕;幻想始乱终弃
怀念梦,像阴天的小树林
爱着自己的影子:而这不够真实
远远不够,从来不够。

19

指向自我的暴力再度降临。
从楼顶坠下的,美的自由落体

其实是某个女研究生的
讣告：小道消息说
她在日记中承认，生命像生活一样
没有意思，她将死得很惨。
在一片倒立的绿色中
她睁大眼睛，惊恐地叫喊着
却已来不及说，爱，眷恋

20

与其说是智力测试的初级阶段
不如说，趣味在行动。
下面开始做游戏：在山大
需要多少棵树站在一起才能构成一片小树林？
（答对有奖，奖品丰厚
答案务必准确到个位数）

21

终于有一个著名的教授出现了。
他是多年以前的栽树者
（不难理解，小树林的清凉和幽静
为什么有股知识分子味道）
终于有一个著名的教授出现了。
他提着公文包，一头撞在
小树林身上：穿过，还是绕行？
啊，终于有一个著名的教授

在 A 和 B 面前遭遇了甲和乙的现实意义。

22

我一点也不想把诗写得很长
我一点也不希望,这个春天
活得如此缓慢无度。
一曲终了,一个男主持人和一个女主持人
在校园广播中认真地开起了玩笑
故事一点也不有趣
却让他们笑得如此夸张
乐不思蜀。但我一点也不想责备他们

23

我甚至不再对那些逗留校内的轿车
那些挂着外地牌照的豪华钢铁们
表示曾经的愤愤不平
我甚至理解了清风翻书的
一时心情。有道是,吃饭去净雅
上学到山大(为什么不呢)

24

请原谅,我以我们的名义把这几行句子
赠给小树林头顶,遥远的月亮。
它残缺,谦逊,落寞,高高在上

从枝间叶隙泻下来的青辉
和灯火辉煌的夜生活已不在
同一个起跑线上——人间也有嫦娥
也有吴刚只是他已不再伐桂!

25

在山大,在小树林,夏日
属于例行的告别季节。
一首赞美泰山和黄河的歌成为这里
法定的抒情方式。横幅两端
一棵是杨树,另一棵
还是杨树;多少人唱着,笑着
度过了这个告别的夜晚

26

为何我又想起了这个人,这个
拖着倾斜的身影,喜欢远游的家伙
他尚未归来,或许永不归来
小树林已经将他遗忘
(在他眼里,一条横线就是大地
一条弧线就是起伏的山河)
为何我又想起了这个人
这个男人,他画过的风光全部背在身上
他在异乡而我也快将他遗忘

27

他们忍受多年的荒凉,乐此不疲
终于帮助一个局部的话题
找到了故乡。从研究生开始
到研究人生结束
他们聚沙成塔,终于构成了
时代的奇迹:为了获取淘汰的快感
他们走在被淘汰的路上

28

我耗费了大把时光,去做
不喜欢做的事情。我忧伤
焦虑,手里攥着大把不快乐的记忆
我还耗费了大把的时光
去做喜欢做的事情(无非
在一张白纸上写下自作多情的
诗篇)。我拥有记忆
但真的不够快乐
不够喜悦。唉,生活就是如此
耗费大把时光又能怎样!

29

一只蚂蚁奔跑着,我的脚

是它要翻越的高地而非
喜马拉雅山；一群蚂蚁奔跑着
在不倦地诉说世界的辽阔和人生的真相
一只蚂蚁迷失在小树林的一角
像多年以前，一个亚洲人
长眠在欧洲的墓地里。
一群蚂蚁奔跑着，在细小的
雨丝中，它们的黄河
迎来了滔滔不绝的汛期

30

"白杨树的花絮在空中乱飞。"
这是一个诗人，干脆说吧
是一个叫孙文波的四川人在北京写下的句子。
有人讨厌他，像瓦砾
但我喜欢。在山大，在小树林
我读着他的伤心（像李商隐一样）
读着他的河流（藏在体内）
我想为他辩解吗？
不，他不需要别人担心什么。

31

历史的舞台：如果你觉得
这是一种庸常的陈述
那就错了。在历史的舞台上

我们无非重复着,那似乎无穷无尽的
时间,地点,人物,事件
以及无法归类的情感。
在历史的舞台上,汉字们兄弟众多
但勤奋的面孔何其之少啊

32

课堂上的听讲者,心不在焉
窗外,小树林拼命长高
为了说明一个现象
它们别无选择。可以想象的秘密
可以想到的真相(天下的石头
打不出一粒粮食)
像赞美春花秋月的人在家乡
遭遇无人喝彩,课堂上的听讲者
一目十行,心不在焉

33

有人忙于罗列文学的数字
(几百万字,或者数千首诗)
有人要做学者中的诗人
诗人中的学者;有人自诩济南的李白

而这么生机盎然的小树林
你一定想不到,它的尘土

从来不把昨日的脚印带到今天
小树林就是小树林
它不喜欢济南的李白
也不喜欢济南的李白称它"山大的未名湖"

34

请用周末、快乐和小树林
虚构一个故事；请用这个故事
证明你在场，以及
你为什么在场。
请用周末、快乐和小树林
虚构一个痛苦的人
当他蓦然转身——如果你们不认识
请装作认识；如果刚好认识
就不用装了——
这里只有周末、快乐和小树林
但已经足以取悦对方。

35

我不过是有形岁月的一个速记员。
用拼音打字，工作并不称职。
我记录的爱常常只有一半
因此，对于爱我比其他人更加心怀内疚
雪莱说，冬天到了，小树林
突然落英缤纷——我记录的爱

只是世界的一部分
我珍藏的记忆只是落叶中的一枚

36

我离开这里,在一年之后。
无人时刻,我搂着小树林中的一棵大树
吻别(我讨厌英语却把再见
说成了拜拜)。头悬之处
绿色依旧,但春天
已被诗人和小说家写到了两次
写成了两副面孔:君臣不一的灵魂啊
必有一个不速之客横遭否定。

(选自《绿风》诗刊,2008年第1期)

后梁祝札记

1

没有牙齿的老虎曾经使我惊吓不已。
请不要生气,我是我唯一的亲人
活在颜色过敏的春天里。
我的孩子已经走在上学的路上
书包里装着课本,文具盒,和早期的
人生挫折(藏不住的委屈
起源于未被满足的愿望——
食品,玩具,以及自由)
我是他们的影子构成了义务教育
不用出庭的证据。我的爱像一面旗帜
所引发的风,所谓秘密
只是一个故事梗概在广场上流传
那里,陌生人的聚会似曾相识。

2

我想再去一次草原,向羊群学习
唱歌;在蒙古包的外面邂逅

留着胡须的远人回忆他的沿海之旅
身后,是披着热风的绿色
逼退沙漠。我想告诉他
大海动荡如初,拍婚纱照的人
依然有着与昭君媲美的勇气
那个不辞而别的黄昏连孔子也不能容忍
那些遗弃在沙滩上的脚印
还穿着42码的思念。
我想再去一次草原——在旅行团
启程之前,在有愧于作家的
语法错误中,尽管导游
并不介意,而一路灯火所记录的
是另一种粗心的快乐抛弃着枕木。

3

春天来得太迟。成年人的想象力
甚至逊色于孩子的模仿——
"你最大的敌人是你自己。"
年轻的校长在摄像机面前对学生侃侃而谈
预料中的掌声缝补着他的
需要:树上没有鸟巢
却落下了比鸟鸣现实的鸟粪。
移栽的银杏死了,捐献者的铭牌
尚未退休,尚在享受
园丁的敬意。离异作为生活的时尚
或者政治经济学的课外作业

深得推崇。削尖了脑袋的校门
像一首文学的无用之歌
在我出现时,在我缺席时,在我武断地
否定教授们给出的答案时
张着吞男吐女的嘴巴
允许肠胃里的文史楼蠢蠢欲动。

4

节日成为例行的短信盛宴
(因为拥挤,所以庸俗)
遍地羔羊的国土上,私有制的欢乐
使我暂时不再厌倦身边的脸孔。
我有一个纸质的笔记本
写满例行公事的祝福;我有
一张桌子,一处住所
一条车体庞大的公交线路
载着我的时光奔跑于我的耶路撒冷。
我有一堵不设城门的墙
我有一张脸,躲在比射击孔
还小气的窗户上——
我的眼睛是我贴出的通知
阅读者,请高声念出最后一行!

5

上岛满城都是。上岛的官司发生在

南方，并不影响下午的心情。
加糖的咖啡，加糖的
邓丽君，成为我的背景
和相对论的牺牲品。此前我是我的
败笔，靠掷硬币决定命运。
夏天骤然升温而不需要
推杯换盏的前奏——
我期待的倾听者带来了他的忠告
不可以在水中捞取生活的
月亮，也不必对着镜子发火。

6

他们在墓穴里祝福他们所有的孩子。
有时，也来到村外等待着
土路上的归来者从县改市的远方
带回无处倾倒的泪水——
穿着从前的旧棉鞋，在返青的
田野上踌躇。他们曾经拥有
一群孩子，而今依然。
他们在墓穴里祝福他们所有的孩子。
他们使我的父母留下了
疑窦丛生的婚姻：一个喜欢
安静，一个总在抱怨。
痛苦并不因为他们爱我而法外开恩
像多数人那样，他们
活得贫淡，死于疾患。

7

堆一个雪人：它的身体里
曾经住着穿长衫的房客
踏寒寻梅；堆一个有名字的雪人
为它修一条回家之路通向
不拒绝伐薪取暖的
小木屋——住童话，也住
寓言（安徒生不会生气）
堆一个不思走动的雪人在空地上奋力喊着
骑自行车的邮递员，e时代的遗孀
替它把欣悦和珍惜
投递到带操场的信箱里

8

酗酒的中年人；公款壮胆的
公务员；音乐会迟到的观众
皮笑肉不笑的老头；只喜欢女性的登徒子
抱着宠物乘公交车的妇女
向诗歌发难的业余诗人
允许棉纱住在患者体内的医生
截断江河的专家；让音箱唱歌的音乐人
同乡会上发言的商贾
暗示家长进贡的小学教师
把帮助自己的人告上法庭的警察家属

被指剽窃拒不道歉的教授

替房价上涨辩护的官僚

不孝儿女；领取封口费的记者

向爱情吐口水的家伙

在待考的梁祝故里售门票的开发商

——这些，一个都不宽恕？

——这些，一个都不宽恕！

9

深夜，街上行人越来越少。

深夜的哭泣者让路灯不安。

出租车听着评书或者粗鲁的金山夜话

聚在夜总会门口守株待兔

等待格格，和格格的客人们

把自己塞进车厢时

按下空车灯——在这座城市的晚年

清泉濯足是一首不化妆的歌

喜欢"常回家看看"

几百万人挤在同一张床上做着同一个梦

（一切皆有可能，连醉酒者

也懂得潜规则的开场白）

深夜，街上行人越来越少。

我的想法——多么幸运啊

当 52 年来最圆的月亮

照在头上，我的想法越来越少。

10

猜忌不值得称许但没有人提醒。
我是孤岛上的地方主义。
我在春天摔碎了盛米饭的盘子。
我的愤怒与盘子无关。
在另一个晚上我也许会向它们道歉。
我曾将错就错地活过很多年。
现在我想奖赏我的手掌。
厌倦的土地上它也有五指撒野时。
这个春天,没有一个无辜者会被冤枉。
除了以泪洗面的午夜。
除了被冷落的爱拿恨买醉。

11

长途大巴开动时我在靠窗的座位
闭上眼睛。一个失败的游子
身边坐着另一个
失败的游子——夜晚降临
路过的灯火替漫无目标的旅程暗中惋惜
(嗨,只有终点是永恒的)
在洒水车驶过的街道上
早起的人给予黎明和以往一样的
孤独,胃里的指南针
告诉我们,城市不再需要

李白,和李白的繁华
我的自然遗产却恢复了死去活来的
记忆:身体里的囚徒
青春的释放之歌
像浪荡绅士教育着被遮蔽的激情
奔向探险者的勇敢——
迷途之马带着家乡找到了骑手

12

登高望远是珍贵的艺术
在锁具上命名星星,是两个人的秋天
踏上起风后的征程——
世间总有着比人更多的道理
那些不能实现的愿望
终将锈死。没有一座山峰
只为我修筑拾级而上的路。
没有一张门票免除旅游时代的庸俗。
退一步,再退一步
我是悬崖上的舞者玩着
有惊无险的游戏。
我是艺术学院的学生曾经指望青春永驻。
清晨发行的晚报上只刊登
别人的本报讯,我几乎天天读它
却从不相信女人的绿洲
必然夭折在人民币的骄傲里。

13

很多次我路过那里,门口
依旧挂着油漆剥落的牌子
少女们已不再热衷于给年龄最小的孩子
做老师(有时教育比皮箱
还要空洞)。很多次我路过那里
只是路过,看门的老头
没听说被拆除的码头上曾拴着
一叶小舟,在错误的时间
错误的地点,结束了
错误的处女之航。你唱的歌
我喜欢听;你骑过的小骆驼我也骑过
但青春不是丝绸之路上永恒的
布达拉宫;三八红旗手
也不是祝英台的信物渴望献给
她的同窗。最近一次
我路过那里,看门的老头
告诉我,那间碎掉一块玻璃的宿舍
已经失却耐心见证你的归来

14

石头的象征意义由于承担了飞蛾扑火的
鼓励而得到我的善待
它的故乡遍地开花,身体里的铁

曾被误为祖父厚脸皮的客人
过着乐不思蜀的日子。
拿有生之年赌一把海枯石烂——
原则上这不是一个假设命令杞人
忧天：但用手击溃石头
本不可能，所以
失败的总是我们，让大海和石头的生死
与诺言纠缠不息的寄生虫。
拿有生之年赌一把海枯石烂——
任性是最节约成本的
交易：一个伪浪漫主义者
谁也不忍心削减他以梦取乐的经费。

15

没有一间房屋愿意恒久地为我们
献身，没有一本《圣经》
鼓励高大的教堂尖顶
刺破苍穹。反锁的门窗
曾让从家乡带来的父母馈赠的肉体
成为落水者身上的黄金——
来吧，托钵的行僧
高速公路上的宗教博物馆
连胆小鬼也会学着兵马俑的表情
向你致敬（履新的园艺师
不担心一去不返的主人
会死在另一座城堡的狂欢节上）

来吧，托钵的行僧
告诉我这是什么
这是为什么——世界只有二分之一
我居然蚯蚓般躲过了土地革命

16

喜庆的日子我将绕道墓园——
传说搁浅时，梁山伯和祝英台
也不例外。鲁版的梁祝
有石碑为证；河南的
悲剧，属于穿着孝服的女子一头撞死在
出嫁路上；化蝶的籍贯在江苏
书上记载的则是一个
跨越时空的鬼故事发生在
宁波一带（小吏和侠女的墓地之争
与爱情无关）。乔装的佳人
曾以卜者口吻骗过了
老员外的眼睛，继而在寒窗前
对性别说不，长达三年……
诗人先生，请从眉批处
回答——喜庆的日子我可曾绕道墓园？

17

去海边的人顺便经过你的家乡
那里的山水有你未尽的责任

去海边的人顺便访一下
你的旧居：一幢夏天漏雨的老房子
家里很久没来客人了
青草没过脚踝，慌乱的鸡
跳上墙头，它们不喜欢城里的生活
也不喜欢来客被自己讲的段子
逗得哈哈大笑（公鸡捐躯
母鸡成为寡妇；反之
公鸡将是不幸的鳏夫背负着
孤独的十字架跳上墙头）
去海边的人顺便经过你的家乡
去海边的人只是顺便经过
你的家乡——顺便访一下老朋友的昨天
邻居们说，锁已经锈了
请在门上留言（你叮嘱过的）

18

被嘲弄的生活并未丧失朝九晚五的秩序。
那往头上套绞索的人
其实只在纸上爱过患病的
陀思妥耶夫斯基。
而我连一个不需要兑现的许诺
也不曾占有，甚至没去过
我的葬身之地。那替我保留卦签的盲人死了
他的预言还活着：在一片有寺庙
有山峰被凿成佛像

蓄须者把诗句写在风上的
群山中，哺乳期的女人不在乎
乳房的下垂命运一头撞上美的审判。
松涛覆盖的河流不思源头。
思想史的推销员
脸上贴着伊甸园的逐客令。
只有相爱的男女劳神而喜悦地搭建
没有床，也不上锁的宫殿——
醒来时发现那不过是
地下室在城里被盗后面无表情的样子。

19

我不依靠别人的经验管理孩子
但偶尔也会读一读
书籍里的育儿经：一，二，三
或者：1，2，3。
我不依靠镜子里的我
跟我较劲——送给大海的礼物
不值一提；江山在输赢之外
和一位20年前的少女
玩着纸牌。爱情进入了非烈士时代
春天只是春天。
蝴蝶只是蝴蝶。
早年的挽歌只是考古学的小皇帝
在黄土下面发号施令。
我不依靠别人的经验敦促

少女成长——也不依靠她怀中的孩子
证明青春曾在或已逝。

20

下一个航班将在两小时以后起飞。
现在我们可以到服务区
喝一杯咖啡。抱怨旅途的音乐
是不成熟的表现（相貌平平的女孩子
允许在梦里接到空姐的
录用通知书）。广播里寻找的人
拖着轰隆隆的行李箱
走过大厅。哦，机场无非城郊的星级车站
长翅膀的钢铁们无非干些
迎来送往的勾当——
按照人的意志，学习鸟的样子。
我们喝着加糖的速溶咖啡
像来得及或来不及的
筹码，在不断洗牌的剧场里
观看自己的演出，背景是
小提琴在新中国的传奇被一遍遍忽略。

21

替我抚养孩子，以我的名分。
替我下棋，怀着对手的心情。
替我在体制外纸上谈兵

为了一声叹息而呼吸。替我写回忆录。

替我讥笑户口，英语

合并后以人数见长的大学。

替我听歌，阅读邓丽君的画册。

替我去殡仪馆跟朋友告别。

替我国破山河在。

替我不撒谎，或者撒谎后

不藏住脸红（务必！）

替我把夸大的屈辱缩减至黄河以南。

替我拒绝泅渡，上岸前

替我留下一枚湿脚印

献给失业的怀念。替我摘除面具。

替我回信，说，别来无恙。

22

尊敬的陈教授，何教授，你们好。

请理解我的不揣冒昧——

我姓王，来自山东

感谢你们让美丽的公主嫁给了毛笔书写的

国度，但写给你们的信

与馆阁体无关，尽管施特劳斯琴行

也卖音乐，全民皆兵的浪潮

差一点把你们炼成钢铁。

漏网之鱼在舞台的聚光灯下

捂住耳朵——似乎还没做好准备

掌声却不再打算停下来。

历史的创造者也是历史的终结者。
你们曾经风华正茂,或许永远
风华正茂——当然
这是一个问题但轮不到我替你们操心。
那么,请向孟伯乐问好
他年事已高,如若不在就算了
我会另写一信,寄到天堂。

23

在郊区的山上我们谈论着
电话无力实现的内容
孩子们已学会说:"失败是成功的祖母。"
而我的挖掘尚未完成
(也许永远不会竣工了)
我的赌博亦无悬念,不过是
光阴撒下的面包屑
给蚂蚁们创造着共享大地的就业机会
在郊区的山上我们谈到了
向制度投诚的人生
与常人无异——生活的掌声
也是我们渴求的光荣
埋在心底。被颂扬的是爱情
受保护的却是婚姻——
那些穿过铁路桥涵的人即便散步
也不愿意绕行,因此
铁路桥涵成为他们必然的

回家之路像婚姻登记一样不出所料

24

常识遭遇非礼,这当然不会
仅仅出于对修辞的屈从。
连老佛爷都被英国绅士庄士敦先生
称之为"无知的妇女"
爱又何必像失败一样
愤愤不平?时光在脸上留下了
买椟还珠的证据;一双棉鞋
不可能使命运占有
全部的道路。裹着的心
效忠记忆(遗忘的另一种传统)
立春的错误则因鲜花乍开而失去了
刮骨疗疾的礼遇。校园
依然安静,欢乐还在郊游
时代用它的习惯句式
说后会有期,又说相忘于江湖——
那逼上梁山的眼泪
曾对招安怀着不可思议的
向往:一个人的战争
永远无力对伟大的爱情做出注释。

(选自《诗刊》,2012年第10期)

序曲，或者开始

1

每一首诗，都有我虚构的知音
在虚构的国土上我们生病，喝中药
破镜重圆，寻找命运的边界
把记忆比喻为一望无际的
长河——通过它们，向它们的世界示意
嗨，你好；嗨，你们好

2

无尽的道路上我们必须有爱
孩子们奔跑着；蝴蝶的
翅膀，扇动滴露的阳光照耀大地
菌类长出了谛听的耳朵
无尽的道路上我们必须献出曾经拥有的爱
喜爱月亮的人整夜游荡在郊野

3

我曾经深深地眷恋着一个时代
局促的生活,漫不经心的青春……
而不断上升的年龄
不断降低着我的激情
这不可思议的逆转好像仅仅用了一日
抑或更少。我举手发言
不是遭到拒绝,就是张口结舌

4

有一个魏文帝的时代,曾被我误解
有一群聚集者,使我生活返回秩序
有一棵树,勾勒着风的面孔
有一句铭文,我用图书馆的寂静把它打磨
在孔子的马车后面(我追赶不及)
有一条失传的道路尘土飞扬
再过些年,我将活到 50 岁
时光命令着我,以死亡的身份

5

每天都在修理坏表,收取
修理费,然后把一些坏死的时间
扔在门后的垃圾筐里

"时间就是金钱。"或许
修表匠并不喜欢格言,但他知道
坏死的时间,已不是金钱

6

钥匙与锁对应,是锁的一部分
是锁的同志和敌人,是秘密的答案之一
当然钥匙首先是……钥匙
当然这可能是一句废话
我们离不开它首先是我们利用了它
在钥匙身上镌刻着生活的矛盾

7

火车驶入隧道,窗外骤然暗了下来
每一次都是这样,我的心
经历着莫名的激动。我在车厢
抑或两节车厢的连接处
聆听大地的深呼吸——不知过了多久
火车驶出隧道,一切好像从未发生

8

深夜的群山,夜行车孤单,渺小
借助于灯光慢慢前行
黑暗中的时间已丧失了方向

黑暗中的道路，仿佛只有灯光那么短
夜行车，倘若你鸣笛
群山就是哑巴
倘若你闭灯，世界也将消失

9

月光下，僧人和诗歌看上去
遥远，虚无，前景暗淡
紧闭的门使他们在被谈论的故事中
成为旧时代的替罪羊
（嗨，你在玩什么游戏）
汉字越来越粗糙，像成长中的
双胞胎，渐渐露出相似之处
或者，正好相反——
这样的结果验证了我们面对的事实
和迟迟不愿面对的事实

10

教堂的大钟在窒息的时间里生活了很久
这完全可能：园艺师的劳作在于
把领导意志贯彻到植物中去
多年以来我喜欢在下雪的日子洗澡却苦于找不到原因
落到纸上的梦才算向这个世界哭过

11

这里居然有如此之深的绿色
胜过江南的某地和某地
镜头里,画舫因为渐渐远去而充满非生活的诗意
两岸的人,没有一张悲伤的脸

12

漫长的河流上走过两个平凡的男女
他们用照相机记录下这一时刻
从身边经过的人用黄昏的眼光盯着他们
被捆绑的驳船唱着桥的旧歌
漫长的河流上走过两个平凡的男女
当他们远处回首,河流依旧漫长但不再湍急
他们依旧平凡而黑夜已经降临

13

故事的主人公替作者收藏蝴蝶
替作者爱上一位女大学生
替作者把女大学生当作蝴蝶捆绑在家里
替作者欣赏直到警察找上门来

14

魔术师从事说服不了自己的事业
但试图玩转台下的一众看客
没有一个魔术师拒绝道具——
这是职业遗憾而看客们
并不介意。没有一个魔术师弄假成真
改变生活结构,告诉人们
无中生有的答案——
魔术的舞台其实并非魔术师的舞台

15

谈论星座的人从我这里收获冷淡
但我没有因此心怀不安
谈论星座的人在望远镜中寻找对号入座的快乐
宇宙只为自身存在而出庭作证

16

这台机器绞烂了春天,绞烂了我
这台机器,哦,这台绞肉机
老化的齿轮上沾着春天的残骸和我的失败
这台机器,哦,这台绞肉机
只有化整为零的好胃口
所以从不为化零为整耗费心思——

像摩托车一样没有倒挡
一意孤行：直至绞烂春天和我

17

我们对逆流而上者怀有生活的偏见
我们的偏见是局部的理想
不值得缩短从山东到青海的距离
没有一滴水回过身来
用倒装句和我们说话；没有一种化妆品
在青藏高原找到降低海拔的氧气

18

与其在游戏中发动升级的战争
不如在初雪降临时煮酒论诗
论史，论黄昏
论下雪和洗澡的亲戚关系
论男女纵容下的爱情
为什么会在哲学的道路上分道扬镳
论残局的江湖何来胜负

19

失明的女人在镜子面前化妆
请不要指责她还记得自己失明以前的样子
她还记得世界并不盲目

镜子也没有放弃挽留——
她每天都在化妆但从不一个人出门
每天都把手放到脸上
而那只是镜子的一声叹息

20

午睡的塔吊把胳膊搭在有阳光的空气中
建筑材料们停止向上移动
练琴的孩子通过琴声
说出对长辈的无限愤怒并达到高潮
山东在生锈,爱情像鱼刺
——"你说是呀,我不生气!"

21

一个人时看书,两个人时接吻
三个人时,孤独渴望得到
理解。假如纸上的孤独也是孤独
谁学习孤独,谁将孤独
局部的情况就是这样
而在更广阔的空间,生活
不可能不偏不倚;而孤独
不可能成为借口
多少早年的命题不可能逐一找到答案

22

我开口说话,像个自寻其辱的孩子——
否则,我就是我们当中的
那个哑巴,既说不出来
也听不进去;我就是黑暗
和黑暗中的那条河,我感到两岸正在
并拢,但奔流没有回旋的余地

23

午夜,或者午夜以后
乡村略有不安——
失眠者划着火柴,仅仅照亮自己的面孔
来到村口,但那里空无一人

24

风雨交加的晚上告别黄海的港口
看不清面孔的人在练歌房外哭泣
这是返回的旅程,两个城市之间的黑暗
这是疾驰的硬座剧场
孤注一掷的玫瑰渴望凋零
这是山东腹地,人民沉沉而睡

25

五木说，日日醉酒使他悲凉
五木还说过很多，但醉酒
应该是真实的，酒后的悲凉
亦毋庸置疑——虽然日日醉酒有点夸张
但考虑到这是诗人五木
而非小吏五木，夸张可以视为
允许的浪漫，和误读
而醉酒之后的交流，譬如说
旅途中的艳遇，可以视为虚构的旅途
也可以视为虚构的艳遇

26

到了最后，完成任务的纸被揉作一团
被打成纸浆，沦为新的空白
到了最后，没有完成任务的纸
获得了和完成任务的纸相同的命运
历史在历史之后四顾茫然
人们则热衷于谈论疯人院的春天——
到了最后，疯人院不再被视为
有病的单位，它和生活一起构成了生活本身

27

在时光中我为未来的时光
而坚持:纸上的河流
源头不在纸上;纸上的窗口
泄露的也不是造纸术的
命运。如果我奔跑
纸上的道路将遥遥无尽
如果我停止奔跑
纸上的故事将在时光中丧失未来的时光

28

一场途中的误会并没有引起格外关注
生活减速,或者像汽车一样抛锚
钢铁们耍脾气,休息,那些等待修理的
和正在修理的行程,秩序的另一面
被允许呈现。有人喋喋不休
有人昏昏欲睡。目的地
毫不介意地等候在一折再折的地图里
世界的爱与恨,漫无目的

29

我们不会对梦寄予太多期望
这不是说,我们不需要梦

我们曾在梦中走得很远,令生活暗暗嫉妒
我们征服高山、大海和美女的心
当然,也承担着风吹雨打的
悲伤和凄凉。但我们不会
对梦寄予太多期望,就像咸味的生活
不关心一粒盐中居住着多少海水

30

春日的午后。一觉醒来
慵倦的内心空空荡荡——
好像许多事情涌上心头,又好像什么都没有
躺在床上。忍着。强忍着
但忍不住突如其来的忧伤
和惆怅。泪水夺眶而出
而室外阳光明亮。废品收购者的
吆喝,使春日的午后愈加安静

31

进山并且爬上那座最高的山峰
与云为伍,俯视月下的大地
只是为了一种感觉,一个由来已久的梦
既非重复过程,也不带来启示
山峰别无人,因为这是
深夜;岩石沉睡,不需要交流

32

帝国的女王把"人"改为"一生"
把"地"改为"山水土"
曙光无情地闪耀着
照亮了宫廷文字以外的岁月——
人就是一生,地就是山水土
而历史,就是日月的天空被强行改变
就是无字之碑藏起了
并非石头的秘密和风流

33

不要惊异于大地上还有如此细小的河流
在它的源头生命像一滴水
勾起大海的记忆。不要惊异于
如此细小的河流如此清澈地
流经很多年,很多村庄
对世界的秩序有着镜子般的理解
不要不敢相信,如此细小的清澈的河流
流经很多年,很多村庄
依然拥有比人更多的耐心

34

黎明时分,我以为这世上的第一个清晨到来了

黎明时分,我以为这世上的生命
都将从安静而甜美的梦中醒来
山间谷地,曙光在上升
允许我说出可以想象的一切
并原谅我以往对于美的疏忽和抱怨

35

总有一天,我将读懂诗人的心
总有一天,我将被读懂的心
所感动。总有一天
我将找到一个词、一句话
呵护风中的灯光照亮命运的返乡之路
总有一天,我将和时光一样老去
和时光一样,微微笑着
对恨过的人说起爱,那无限的
草叶,加深了晃动的青春

(选自《青年作家》,2013年第8期)

下卷·辑二

怀刑录

祭父稿

1

他属龙,生于枪声不请自来的战时。
他的一生却像一条泥土中的
蚯蚓:兵燹的家乡
早亡的父母,使他的童年
对饥饿充满恐惧,他甚至没记住
自己的生日。60岁时
他指定中秋节那天
作为自己的寿辰庆贺日
他的意思是,只要我们过节
就忘不了他的生日。
他的年龄不像他的生日那样
因无据可考而举棋不定
属龙的他,如果出现12岁以上的
记忆误差,可就太夸张啦。

2

40年前,他身着戎装
在青岛的照相馆里留下一份
两英寸大小的英俊记忆。

他的妻子则在老家
生下了他的长子——未来岁月里
一个名声不大的业余诗人

30年前,他为社办工厂
购销产品,拎着黑色的人造革提包
走南闯北。祖国就像
一个被一再放大的村庄——
除了台湾和西藏
没有他没去过的省份

20年前,众多苹果随他长途跋涉
烂在黄山脚下的绩溪县。
揭竿而起的致富路上
失败并非不能接受的
商业绝唱。自此他安心与几亩薄地过招
还债成为逐渐减负的生活。

3

他喝酒而不酗酒,没进过学堂
但不妨碍写信,看报
谈论被处绞刑的萨达姆——
无师自通,在我身边不缺教材。
他的暴倔闻名于全村
我有青春期曾被他拿马扎
砸缺一角;吵架后

他能长达数月不理会我母亲的示好。
晚年他跟我的叔父商量
试图给他们的父母立一块
墓碑，他从没对我
提及此事，而我也佯装不知
（为了出师未捷的遗憾
不伤及他摇摇晃晃的自尊）

4

医院里的机器告诉我
这个瘦削的老头
就要被一阵春风刮走——

生命的倒计时毫无新意。
有时，总是
世界的胃难以盛下

一己悲欢：除了我
只有我，走向这个孤单的
老头——在茫茫人海。

5

　　他的"大如船坞的忧虑"让我左右为
难，不过，仍有足够的时间研究对策。问
题是，时间并不值得过于依赖。我不相信

病急乱投医，身边的人，也不鼓励我倾家荡产，为他体内失去控制的癌细胞豪赌一把。他唯一的女儿嫁到另一个城市，但打工的身份没有改变；他的另一个儿子，早在三年前的一次车祸中就已置他的余生于不顾；村子里和他同病相怜的人，有的还在挣扎，有的已经入土为安了。清醒使我痛苦，却令他绝望（不能在枯枝上凿刻笛孔；不能在父子间求证形式主义的父子至亲）。这个别人的春天，这些"肿瘤不是癌症"的善意欺瞒，掩耳盗铃的表演，命令他沉默，藏起自己的想法。

6

所谓的保守治疗，就是
每天到医院接受几分钟的光线照射
吃一种价格不菲的西药
我的母亲后来跟我说
他曾捏着药片自言自语地嘟囔
"一天，就是一百多块。"

他肯定还有更多的换算方式
没有说出来（世上昂贵的
东西，不是粮食
也不是家中的牛羊）
没有公费医疗证的病人

对金钱的任何理解都是允许的。

7

他的身体日益凹陷，骨头上
盖着皮肤，像一张有气无力的
纸（多么蹩脚的比喻）
医生给他输液，越来越无处扎针
最后的日子，他紧紧地
攥着我母亲的手
不肯松开——春秋有别
他头一次如此漫长地紧攥着
我母亲的手，不是爱
而是眷恋式的悲伤——疾病
这人生的滑铁卢
记录了他婴儿般的脆弱。
但愿我的揣度不构成对长辈的勇敢冒犯
在第三人称的误会发生之时。

8

披麻戴孝的葬礼，以他
合上眼睛作为前提
我跪而不哭——
这并非多年生活在外的额外收获
而是我的性格使然

我的性格？我没有性格。
在我身体里奔走的
是他的血。春天之后
还有另一个春天
他走之后，我沦为半个孤儿。

9

　　最后，谈谈他的墓碑，一个多余的话题。他的坟墓在村子北面，靠近父母，但与他葬于村子南面的大哥和小儿子却只能两相怅望——这是一个微妙的遗憾暂时没法弥补。坟头上，夏天草木葳蕤，冬日黄土安静，和其他墓堆没有什么区别，一如人间的出生入死，一如怀念使乡村的黄昏呈现出被忽略的寂寥。他的坟墓被修成双穴，按照风俗，要等到我母亲百年以后他们才能共同享有一块带文字的大理石，得到一行属于他的注释：王保群（一九四零年—二零零八年）。这意味着，目前谈论他的墓碑的确是一个多余的话题，不说也罢。所幸我已在他的墓穴里放置了香烟、白酒、茶具和一副象棋，这些都是他生前喜爱的，如果有人把它们视为他的墓志铭，我不反对。

（选自《诗刊》，2009年第4期）

怀刑录

集腋为裘，妄续幽冥之录；浮白载笔，仅成孤愤之书。
——蒲松龄《聊斋自志》

1

有句俗语常被我们惦记：小时候胖不算胖。
蒲松龄便是一个例子。这位地主家庭的
少爷，书香门第，文冠一时
19 岁应童子试，以县、府、道第一补博士弟子员
此后屡试不中，直至 71 岁授例
成为岁贡生：一个安慰性的功名。

2

应童子试之前，蒲松龄娶了妻子刘氏。
再之前，他是一群顽童中的一个，或从读于父亲
或奔跑于山野；崇祯吊死煤山
满人杀入山海关；他的母亲
即将分娩，而父亲据说刚从日后成谶的梦中
醒来，时在庚辰年暮春，星空浩荡。

3

家道中落而兄弟析箸,蒲松龄不得不设帐于
缙绅之家。屡战屡败的仕途之梦
像水中的月亮散发出令人绝望的清晖——
科举时代,科举不第是唯一熄灭读书人热情的
撒手锏,他只是没有料到
塾师这份差事,自己居然要做一辈子。

4

年轻时,蒲松龄和好友们共结郢中诗社。
也曾南下江苏,到宝应县做同邑孙蕙的
幕宾。这仅有的一次短期远行
让他大开眼界:南方的山水和歌女一度占据了
他的青春,但官场和官场的看客
并不是一回事。他乡也不是家乡。

5

柳泉先生和聊斋居士作为固定的尊讳
是后来的事情,留仙,剑臣
才是蒲松龄的抱负展现出命运得失均衡的告诫——
必须有一本《聊斋志异》匹配前者。
必须有一个失败的读书人
与后者背道而驰(没有剑,也不是朝臣)

6

弗洛伊德说,梦是愿望的达成。但蒲松龄
有过早于弗氏的记录——狐声月色下
一个纱剪的小美人(颜如玉)
从书中折腰而出,爱上怀才不遇之人(清贫的秀才)
他们一起写诗,填词,视金如土
但不缺金,传宗接代而不需要媒妁之言。

7

鬼魅游荡的世界,蒲松龄就是宪法和宪法的
执行者:青梅如何,胭脂如何,真假阿绣如何,
耿娘如何,小翠如何,婴宁如何,
聂小倩如何,云翠仙如何,
欢不忘仇的公孙九娘如何——
聊天的房间里堆满爱情与复仇的故事如何。

8

……应乡试未中……应乡试未中……应乡试未中
48岁那年,依旧应乡试未中
理由是,闱中越幅。所幸此之前后
蒲松龄结识了老乡王渔洋
诗坛的盟主,在《聊斋志异》的手稿上签名
并以诗相赠:"……爱听秋坟鬼唱时。"

9

毕际有,户部尚书之子,西铺村的
豪门大户,蒲松龄的东家和老友。教习之余
或为毕家捉刀代笔,或为主人
寻找菊花种子。一盏孤月,两种心情
凡此三十年,江湖不再
西铺村成为蒲家庄,尽管毕际有并非蒲松龄。

10

康熙五十二年,画家朱湘鳞对灯取影
为蒲松龄画了一帧公服肖像。
"作世俗装,实非本意,恐为百世后所怪笑也。"
拈须微笑而又如此自题
当是五味杂陈。这年秋天刘氏离他而去
自己倚窗危坐而卒也已近在眼前。

11

读书。教书。著书。除了盲肠般的应试
蒲松龄的一生只剩下这六个字
墓中也仅有念珠,印章,旱烟袋,宣德炉,锡制的酒具。
铜镜和耳勺是夫人的生前之物。
除了画像,手稿,聊斋(三间茅屋而已)
这些惭愧的遗产,继续颠沛流离。

12

铸雪斋抄本。二十四卷抄本。乾隆三十一年
青柯亭刻本问世,据说一时洛阳纸贵。
粉丝们热衷于类似的创作。
纪昀认为不值得认真对待却写了《阅微草堂笔记》
与之抗衡,并轻描淡写地说
书只写了几卷,没想到满街都是盗版。

13

纪昀拥有蒲松龄求之不得的经历,犯下的
是成功人士的错误。文章憎命达
一部为鬼狐立传的泣血之作耻与休闲为伍。
尼采说:"我的时间尚未到来,有些人要在死后诞生。"
假如纪昀有幸再活一百年
他会不会觉得,尼采同样不值得认真对待?

14

观书如月,运笔如风。在蒲松龄的科考卷上
考官施闰章的批语使其剑走偏锋
沦为八股文的叛徒和生活的受害者
"但有一线路,不做孩子王。"蒲松龄只能在诗中如此逞强
世上因此少一个刀笔小吏而多一个
卡夫卡的隐形老师:施闰章足矣。

15

把一部志怪小说上升到一门被研究的学问
几乎穷尽了蒲学家路大荒的积蓄
和才华（战乱起时，他曾把蒲氏手稿匿入墙壁）
他的墓志铭由梁漱溟撰写：留仙知己。
从《聊斋全集》到《蒲松龄集》
风吹动蒲松龄的胡须，也洗着路大荒的天空。

16

一个有争议的人赞美蒲松龄写鬼写妖高人一等
刺贪刺虐入骨三分；另一位显赫的
参观者，到来之时享有连夜覆新的公路
在蒲松龄纪念馆的留言簿上
他思忖再三，只写下了自己的
名字和日期（到此一游，说什么不如不说什么）

17

巅峰之作，短篇小说之王——桂冠沉重
但压不垮死者，就像他去世那年
曹雪芹迎来降生，巧合是生活的内容不值得大惊小怪。
蒲家庄的人和我一样没有见过
蒲松龄，把他赶入消费时代的不肖子孙
和我一样，允许揣着一颗画皮之心。

18

最荒唐的事情莫过于为蒲松龄拍一部
穿越电视剧在笑声中励志。
寄人篱下的私塾先生,科举路上屡败屡战的落榜者
在柳泉摆过免费茶摊的业余作家
怀着虚构的责任往返于人妖之间
没见过电视机却承担了娱乐的历史追认。

19

事实是,作为候选儒学训导——理论上可以填缺的
中学副校长,给蒲松龄带来的不过是
蒙羞的荣誉——曾经宣称片纸不入公门的
古稀瘦叟,不得不一再上呈县令
请求树旗匾,发贡银……事实是
他始终没有领到这份来自朝廷的象征性的奖赏。

20

小时候胖不算胖,生前极尽荣华的人不一定
笑到命运以外:蒲松龄曾请王渔洋为《聊斋志异》
作序未果,如今却是后者望其项背。
纪昀的命运,也好不到哪里去。
一分为二的逻辑在众人身上得到了一分为二的验证
历尽沧桑的人理应高寿——何为沧桑?

21

有一个著名的皇帝曾与蒲松龄共用一个时代。
有一个村庄像孔府一样出售门票。
有一个坏消息,对主人隐瞒了真相——
囊萤抄就的《聊斋志异》只剩下半部手稿栖息于图书馆。
有一个越狱的白日梦从竹篮中迁走。
有一个文字苦行僧,至今还在愤愤不平。

(选自《作品》,2014年第1期)

梦露本纪

> 她被一团神秘的不可思议的火焰包围着……
> ——李·斯特拉斯伯格

1

她一直被模仿,从未被超越。就连身世
也是这样。1926 年 6 月 1 日
格拉迪斯·贝克女士,一个未婚的
母亲,患有家族疾患的电影剪辑员
把她生在洛杉矶的一家医院里
给她取名诺玛·简·贝克,但说不出她的父亲是谁
只是告诉她,父亲是一个流动的
烤面包师,喜欢骑摩托车
死于一次交通事故。诺玛·简每天都在成长
但不得不频频转换寄养家庭
因为贝克女士需要时常到心理医院
接受治疗。无人领养的日子
只有孤儿院肯为诺玛·简敞开大门
未来的喜剧天才,童年始于
孤独,和夺眶而出的辛酸——

站在板凳上用冷水洗着堆得很高的盘子和碗。
没有父爱,几乎没有母爱。
贝克女士偶尔会来探望,带她去看电影
并指着银幕上的一个英俊男人说
她的父亲就长得这样。"哦,亲爱的爸爸!"
诺玛·简喊道。她仅有几岁
少不更事,根本不会想到
30年后这位虚构的父亲将在她的生活中出现
关于他们的话题居然成为一种美国时尚。

2

16岁时,她嫁给了领养人的邻居多夫蒂
一个航空公司的装配工,不是因为爱
而是出于生存的需要:她不能随意外出,不能在家里
接待朋友,也不能一个人去电影院——
丈夫的规定因为难以实现
而变得毫无意义。她到军需品厂当工人
幸运地认识了随军战地记者戴维·康纳夫
成为一名摄影模特。另一个版本是
陪酒女郎诺玛·简的客人
发现了她,要把她的照片登在挂历上——
战争即将结束,伤口需要美的慰藉。
"现在就可以效劳,先生。"
"现在不行,需要到我的摄影室去。"
"那里没摆着床吧。" "那里正好摆着一张床。"
"我只是陪酒,不会为你破例。"

"哦，我和妻子感情融洽。"
诺玛·简答应了对方，她需要一笔钱
赎回自己的汽车，但借口
是另一个：向公众展示自己的美算不上犯罪。
后来的事情众所周知，纯真的性感女郎
如愿登上了《生活》杂志的
封面，而不再是《花花公子》
并借此获得了好莱坞给予她的第一份电影演出合同。

3

丑小鸭登上舞台，诺玛·简从此成为一个原名。
代价是离婚协议上的签字（多夫蒂说
他只认识诺玛·简，不知道玛丽莲·梦露）
她的第一部电影有一个奇怪的名字
《斯库达，噢！斯库达，嗨！》
作为主角的女友，诺玛·简——不，玛丽莲·梦露
仅有一个远景中难以辨认的身影
和一句台词："Hello！"
好莱坞的电影明星们大都经历过
小角色的正在进行时，从花瓶
到花的涅槃——玛丽莲·梦露也不例外。
她唱着《每个婴儿都需要爸爸》
和《每个人都明白我爱你》这样的歌曲
讲穷苦女孩成为明星的故事
也演借情夫之手谋杀亲夫的漂亮尤物。
她只有几十秒的镜头，走路的姿态

却使约翰尼·赫德，好莱坞最大牌的制片人
神魂颠倒，为爱不归——
给梦露整容，配置专业美发师
提供角色：《柏油丛林》中一个老年罪犯的妻子。
《时代周刊》认为，她的表演无懈可击。

4

要征服世界，先征服美国。玛丽莲·梦露
就是这样的奇迹，她甚至纠正了人们对于性感的偏见。
美国人相信，她是一个天才
一个惊人的妇女，一个有说服力的女演员
她比任何一位金发女郎都会表演。
她每周能收到几千封来信。
她的片酬，从数百美元上涨到了
数十万美元；她的拍摄花絮成为报纸的
头条新闻；她的手印、脚印和名字
印上了好莱坞的星光大道。
她只是一个演员却把维尔夏大街挤得水泄不通。
她试图护住被地铁之风吹起来的裙子
经典却由此诞生；她如日中天
可以指定自己的导演；而傲慢的影片厂
早已恭敬地称她为"梦露小姐"
并且愿意按照她的意思
修改合同条款；棒球明星乔·迪马吉奥
向她求婚；剧作家阿瑟·米勒
她的第三任丈夫，为她量身定做电影脚本

《野马与女人》——她虚构的父亲克拉克·盖博
和她一起成为这部影片的
主角；而她也不再因为和费雯丽、赫本和褒曼
相提并论感到一种压力迎面扑来。

5

《野马与女人》也被译作《不合时宜的人》。
不合时宜，有点——盖博猝然辞世
米勒投入女摄影师的怀抱，玛丽莲·梦露
莫名其妙地敲响了生命的丧钟
以爱的名义，而这也许是她
玩过的最危险的游戏：一个致命的男人浮出水面
有金钱，有地位，有她需要的激情。
她可以穿着以他名字命名的服装
在麦迪逊广场的集会上演唱《祝总统先生生日快乐》
可以送他金表，可以在金表的包装盒上
写诗："让相爱的人呼吸他们的
叹息……让我爱你，否则不如死去！"
可以在集会后与他出入酒店
单独相处，但不应该把电话打到白宫
向女主人提出自己的结婚诉求
更不应该试图以要挟的方式挽救加密的爱情——
"请看着我，我是一个完整的人。"
枕边夜话有时甜蜜，有时
是甜蜜的火药桶随时可能爆炸。
我们没有结婚。让我们堂堂正正结婚吧。

洛杉矶不是天堂，纽约不是伊甸园。
爱江山更爱美人的故事太少了
她是一个不成熟的女人？毫无疑问。

6

1962年8月5日凌晨，玛丽莲·梦露
死在自己的寓所，自己的床上
一丝不挂，床边的茶几上放着一个安眠药的
瓶子，里面已空空如也
文件柜中的日记，备忘录，书信
死前三小时的通话记录以及部分电话簿
均不翼而飞。官方的说法是
安眠药引发的可能性自杀。
但死亡证书证明，她的胃跟安眠药瓶一样
几乎空空如也。探究真相是困难的
必须怀着足够的耐心，这也是
旧好莱坞的最后一位电影皇后
留下来的最后一道智力题：无家可归的豪宅女孩
彗星美人，在梦里依旧容易受伤。
想得到她最好的一面，就必须能够应付
她最差的一面。事实并非如此
人们愿意用一千元交换她的一个吻
但只肯付五毛钱买她的灵魂。
钻石是女孩最好的朋友，粉红色晚礼服呢？
从男人眼中阅读自己是一个错位的悲剧
帮助她的人，允许利用她。

她曾经热情似火,最终濒于崩溃。
只有死亡一劳永逸。彩虹尽头
除了性爱,谎言,谋杀,以及对于谋杀的掩盖和揭露
她的存款,刚够支付自己的葬礼费用。

7

她的身边从来不缺男人,但只有乔·迪马吉奥
她的第二任丈夫,以绅士方式
向爱情做了完整的交代,尽管他们的婚姻
短暂得来不及迎接一周年的庆祝。
迪马吉奥只身乘车离去。
梦露泪流满面。之后是长达45年的
一往情深。第三次婚姻失败后
梦露在心理医院的房间中涂鸦并向迪马吉奥求救。
他来到了她的面前,他们一起读诗
并约定复婚,时间是1962年8月8日——
但迪马吉奥在这一天主持的却是
她的葬礼,并从此开启20年的寂寞之约
一周三次,梦露的墓前
总会收到一束玫瑰:死不再成为答案
而是美与传奇的真实怀念。
除了这里,迪马吉奥的感情再无寄托
他拒绝了梦露之外的所有女人。
1999年,迪马吉奥85岁,留给世间的最后一句话是
 "哦,我终于要去见玛丽莲了……"
(他的女王,其实是一个迷途的孩子)

8

她喜欢传记、历史和诗歌,喜欢故意迟到
喜欢拍照,原因仅仅是不需要像拍电影那样说话
但买了一台录音机记录黑暗中的
自言自语。她是个行李儿童。
她胆怯。她疯狂。她小鸟依人。
她不遗余力地扮演别人却时常在窗前流泪。
她的罗曼史也叫作风流事。
她的加利福尼亚金色长发遮掩的裸照
只穿着音乐。她的墓志铭
仅仅刻着一行香消玉殒的数字。
她一生未育却有着恒河沙数般的孩子
愿意向她求爱的男人从不相信
女性的忠告:活到今天她也将年老色衰。
她得到了鲜花盛开的生活——
明星生涯,而不是签合同的演员
忙于兜售自己。她在纽约的演员戏剧学校学习
老师说她衣着朴素,像从修道院来的
那种女孩子(只有愚蠢的人
才把她称为愚蠢的金发女郎)
她生得莫名其妙,死得不明不白——或者
她并没有死去,而是被送到了澳大利亚的一个小镇
与牧羊人结了婚,那里多见树木
少有人烟。如果你相信,这就是事实
她有几百种传记但都拒绝记载。

她叫玛丽莲·梦露,母亲给她取名诺玛·简·贝克。

(选自《江南诗》,2014年第4期)

一次没有事先张扬的死亡

加西亚·马尔克斯先生去世了,87岁
算得上老死牖下——在一个他曾经访问过的国度
一场怀念的运动,像突然消失那样
突然开始了:出版商加班印刷他的书
许多不合格的读者,成了
他的生前知音。没有人给上校写信
也没有人勇敢地承认,《百年孤独》
是一本可能读不完的书——
即便是最好的府邸也难逃衰败的命运
生命中曾经有过的灿烂,终究需要用寂寞
偿还:着急给他写悼念文字的人
喜欢用"流亡"替代"文学罢工"
活着为了讲述生活?不,生活仅仅为了活着!
孤独,叙述,魔幻现实主义
在一个他曾经访问过的国度
阿拉卡塔卡遍地都是,为爱而死
却早已沦为他理解不了的浅笑不怀好意地
回荡在未经授权的粗心的阅读中
拒绝出卖小说的电影改编权
则被这里的同行视为不可思议的

逻辑。生活中没有什么比一张空荡的床

更让人悲伤，原则并非从痛苦中

得到满足（人们总想在他那里

找到乐意找到的而不是能够找到的东西）

嗨，亲爱的加西亚·马尔克斯先生

世界上最有名的报务员的儿子

唯一记得到巴黎补交房租的昔日的落魄书生

与另一位大师拳脚相向的南美汉子

不管我怎么称呼，他已无法

纠正——就像现在，不管怀念他的人

多么故作亲热，他已无法拒绝

"你好，大师！""再见，朋友！"

在一个他曾经访问过的国度

这样的对话以及由此衍生的故事禁止写入传记。

一次没有事先张扬的死亡，与其说是

告别，不如说是一场惯性狂欢

许多年以后……那个遥远的下午……

秘而不宣的思想依旧不被记住

死亡才是不附加任何魔幻色彩的新闻

没有一个比他年龄大的人

表示缅怀；没有一份刻在冰上的追忆

能熬过这个四月——为生病的妻子

盖一座不带窗子的住房以免她梦中的海盗

钻进屋子，像黄玫瑰那样

像浇灌黄玫瑰的泪水那样

在一个他曾经访问过的国度

属于被暗暗取笑的话题死在微信的即时更新里。

孤独的人，死亡和怀念跟他没什么关系。

（选自《十月》，2014年第5期）

星际旅行
——献给来自外星的小王子

1

这样的星球超出了我们的想象——
比房子稍微大了一点点
火山口只有膝盖那么高
猴面包树长大以后,根就能穿透它
甚至撑裂它,一天之内
最多可以看到43次落日。
只有一朵鲜花盛开过
撒娇般咳嗽;只有一个小王子
关心它,用清水、屏风和罩子。

2

但小王子太年轻了,还不懂得爱。
花言巧语有时也确实令人不爽。
小王子怀着逃离的心情
离开自己的星球,奔向太空
去拜访325号小行星
326号小行星,327号小行星

328号小行星，329号小行星
以及330号小行星——
这跟圣-埃克苏佩里先生的安排是一致的。

3

国王的第一句话："哦，来了一个老百姓。"
国王认为，所有的人都是臣民。
国王还认为，打哈欠违反规定。
但如果国王下令打哈欠
不打哈欠，也会违反规定。
"我命令你坐下。""我命令你提问。"
"我命令你当司法大臣……"
325号小行星没有其他的人
如果小王子接受委任，只能审判自己。

4

326号小行星住着爱慕虚荣的
家伙，老远就喊："崇拜我的人来访啦！"
他教小王子用自己的巴掌
拍自己的巴掌，然后
他脱帽答礼——如此反复
小王子觉得，这不过是一个体力游戏
要是他的帽子脱手就麻烦了
但爱慕虚荣的家伙
只有一个愿望："崇拜我吧！"

5

酒鬼的乐园在327号小行星，在那些
倒下的空酒瓶里。他一声不吭
萎靡不振，喝酒使他
感到羞愧——他想忘记这些羞愧
而拼命喝酒是有效的方式
一声不吭则是另一种
有效的方式：酒鬼的乐园在327号小行星
那些尚未倒下的酒瓶装满了
沿着光线攀爬的快乐和坠落。

6

生意人看上去最忙（嗨，您的烟灭了）
他讨厌被人打扰，小王子
并不知道，也不赞成生意人的
追求：买下所有的星星
存入银行，仿佛数字的奴隶
只喜欢计算。星星曾经不归任何人所有
但现在它们属于生意人的
私有财产：上了锁的抽屉
写着数字的纸条（328号小行星！）

7

329号小行星是小王子见过的最小的
星球：只够立一盏路灯
站一个守灯者。星球
越转越快，指令却从来没有
改变，一天的时光仅有一分钟的
长度——熄灯，点灯
守灯者满头是汗，忙个不停
在这个容不下两个人的
星球上，没有房屋也没有居民。

8

地理学家是一位老先生，他喜欢写
很厚的著作，知道海洋，河流
城市，山脉，沙漠
位于何处。地理学家从不离开办公室
——勘察是勘察者的工作。
在330号小行星，地理学家
记录下小王子的火山，并审查小王子的
道德："比如，酒鬼眼中
重影，一座山就会变成两座！"

9

地理学家还建议小王子到地球上去看看
在那里,他遇到了有回音的高山
遇到了一只准时赴约的
狐狸,遇到了扳道工和来往的火车
遇到了出售药丸的商人
遇到了圣-埃克苏佩里先生
和他的飞机出了故障
最后,他们遇到了一口沙漠中的水井
像梦一样各自离别……就是这些。

10

最后,有必要再读一遍小王子生气时
对圣-埃克苏佩里先生说过的话
"有一颗星球上住着一位脸色绯红的先生
他从来没有闻过一朵花
从来没有见过一颗星星
从来没有爱过任何人,整天重复说
自己是个严肃认真的人——他哪里
算一个人,只能是一个蘑菇。
难道绵羊与花儿之间的战争不值得重视吗?"

(选自《青年作家》,2014年第9期)

下卷·辑三

句法练习

日常忠告

不要在掌声响起来的时候感谢所有的人。

不要取笑蜗牛也不要跟取笑蜗牛的人交朋友。

不要在荒山深处修建厕所。

不要关心旅游景区的涨价听证会。

不要投票给电视台的收视率。

不要拆散钟表,时间不可能复原。

不要以上一届的标准抱怨这一届运动会。

不要以个人名义谈论钓鱼岛。

不要跟大海辩论,讲道理。

不要跟通宵酒馆的服务员斤斤计较。

不要再三表白诗人的写作是为了赚取稿酬。

不要戴没有镜片的眼镜框。

不要随意使用"最美"之类的词汇。

不要追问朋友从楼上坠落的原因。

不要浪费第一感觉。

不要画蛇添足,为蜈蚣体检。

不要为皮条客、不倒翁和变色龙热情鼓掌。

不要对艳照门进行道德审判。

不要玩寅吃卯粮的游戏。

不要苛求新闻发言人(一个符号)。

不要忘记鲁迅、谭嗣同和马寅初。

不要持续围观周克华。

不要惧怕同床异梦的奋斗。

不要怜悯桥梁（垮塌的学名叫侧滑）。

不要冲动，魔鬼脸上写着偿还债务的日期。

不要喜欢三种以上的汽车。

不要怀着断章取义的心阅读《论语》。

不要在鲜花下面纳凉。

不要迫使母亲撒谎或者喝醉。

不要在葬礼上接听电话。

不要乘坐跨省的、双层的夜行卧铺大巴。

不要冲着摄像机接受新人的敬酒。

不要相信闰月的多余性。

不要跟空姐探讨潜规则。

不要投资股市、房地产和间接的慈善事业。

不要轻信大陆经济学家的大陆观点。

不要在灌木丛游行，演讲，谈论历史。

不要与北方的落雪调情。

不要给手机屏幕贴膜。

不要宽容非礼诗歌者（读书人尤甚）。

不要随着军事专家的指挥棒纸上谈兵。

不要收集叹息，在盲目的时代。

不要跟富二代飙车。

不要跟主持人到潘家园淘宝。

不要看新版的电视剧《穆桂英挂帅》。

不要从市场上购买韭菜。

不要与虎谋皮，与狼共舞。

不要向行为艺术致敬。

不要笑贫不笑娼（妓女也是穷人）。

不要把公共知识分子简称为公知。

不要在鱼鳃上开凿运河。

不要领取免费发放的安全套。

不要对有职务的画家和书法家毕恭毕敬。

不要在醉酒之夜细数星星。

不要在初一赞美草原上的月亮。

不要回到家乡训练普通话。

不要为了异性在高速路上跋山涉水。

不要在寂寥的黄昏醒来。

不要醒来后复习梦的功课。

不要释放心中的洪水，疯狂和灭亡是孪生兄弟。

不要把这首诗和写这首诗的人当回事。

不要追根溯源，在坟前早餐。

不要越狱（世界无处不是局限）。

不要乘着塑料袋遨游祖国。

不要折断蝴蝶翅膀钉在孔林的树上示众。

不要做嘴巴上的黑社会老大。

不要装傻，装傻的人已然傻了。

不要装嫩，嫩是品质，装嫩是变馊的品质。

不要在春天的草坪上吐痰。

不要在来年春天的草坪上收集咳嗽。

不要指摘羞耻，只有不知羞耻才不被原谅。

不要当众流泪，珍贵的资源宜于收藏。

不要称许地大物博的生活。

不要在釜底抽薪的悬崖上跳舞。

不要参观修旧如新的庙宇。
不要暗中食肉,当你宣称自己吃素的时候。
不要出门,当暴雨来临的那一刻。
不要自行举办诗歌研讨会。
不要以加固堤坝的方式与江河赌气。
不要横眉冷对,公务员。
不要让邮政局通过网络投递信件。
不要被青春俘虏(青春只是曾经的风光一闪而过)。
不要在索道的囚笼里指点江山。
不要拒绝高速铁路即使它驶向温州方向。
不要比喻爱情、友谊和命运。
不要因为吸烟负荆请罪。
不要调查感情出轨的中年女性。
不要把凉茶泼在年轻人脸上。
不要干狗尾续貂或鸠占鹊巢的勾当。
不要在电话一端怒斥伤害过自己的无聊之徒。
不要津津乐道于知音体苦难史。
不要吃葡萄不吐葡萄皮。
不要从打折的商场里购买世界名牌。
不要仅仅带着肉体征服大腕。
不要用哲学之道探索马桶的终极责任。
不要在警察局里写抽刀断水的微博。
不要把保险公司告上法庭。
不要在红灯区开红灯玩笑。
不要在太行山上推销沂蒙山区小调。
不要把汪国真和海子相提并论,他们并非都是诗人。
不要在父母看不见的时候发嗲。

不要到失物招领处寻找遗失的心。

不要炫耀跟明星的合影。

不要自杀（死从来算不上什么新鲜事）。

不要把身份证和银行卡放在同一个钱包里。

不要说孔子和秦始皇没坐过飞机。

不要在舜耕路上裸奔。

不要用高压枪瞄准少年。

不要一边凝望落日一边计算凝望落日的时间。

不要请求中国的商人理解比尔·盖茨。

不要这样，或者那样。

不要不这样，或者不那样。

不要怀疑尼采：有危险的地方，我在那里是内行。

不要在一个人的镜子里修订自我。

不要讥讽河川惯走曲折的道路。

不要白天打开台灯。

不要替风声购置经济适用房。

不要惯于隐身登录QQ（有何重要可言）。

不要在鱼缸里制造巨浪。

不要浅尝辄止，那是悲剧。

不要长久地等待，那是另一个悲剧。

不要担任真理的求婚者。

不要睁着眼说瞎话，也不要闭着眼说瞎话。

不要辱骂长辈，早晚我们也会从孙子熬成爷爷。

不要顾忌末日（2012年不会降临）。

不要在遗嘱中吞食后悔药。

不要带着酒瓶子去打酱油。

不要在逐渐加温的水中反复练习逃生。

不要因为言不由衷而死无葬身之处。

不要欺负一棵幼小的树。

不要在一棵幼小的树上垂钓。

不要按响大明湖的门铃并打听泉城二安的下落。

不要禁欲,不要放逐,不要无所谓。

(选自《诗刊》,2015年第1期)

句法练习

他是一个活泼的男孩。这位女演员来自北京。
我爷爷经常晚饭后出去散步。
街道两边各有一排不开花的树。
请再读一遍这个单词。
你总是带着这么多的东西。
"秘密"的垃圾桶并非秘密的垃圾桶。
因为他把T恤弄脏了,妈妈很生气。
我不想回答这个问题。
这就是问题的答案。
蚂蚁计划搬家,地址在哪里?
他再次梦见一位持枪的荷兰画家。
售货员给她拿了一条裙子。
我的姑姑还在车站等我。
袋鼠产自澳大利亚。柠檬有股酸味。
我们为晚会买来了气球。
猜一猜箱子里装了什么东西?
用两粒黑豆做雪人的眼睛。
他的父亲40岁时成为一名牙科大夫。
鸟儿飞累了,在书中歌唱。
乘船渡河的人举棋不定。
中国最为著名的桥是哪一座?
蝴蝶的寿命很短。宠物们替他坐在椅子上面。

这本书讲了一个关于熊的故事。
制定时间表的人已经退休。
艾米在院子里养了几只小鸡。
我喜欢集邮。堂兄弟不是亲兄弟。
回信以"亲爱的简"开头。
那个剪指甲的女人睡着了。
今天我们陪客人垂钓,晚餐吃鱼。
驴很勤奋。咖啡可选。
老人们继续沿着河流向下航行。
她在开心农场种植茄子,夏天也穿着袜子。
他从桌子底下找到了钥匙。
狐狸还在寻找水和食物。
法国的葡萄漂洋过海,成为葡萄酒。
外公喜欢收藏硬币,外婆是个京剧迷。
我们听到有人在夜间敲门。
下周的徒步旅行取消了。
蜂蜜很甜。小心!水太热。
虽然下着大雨,我还是想去你那里。
建筑师的安全帽是黄色的。
请按 ESCAPE 键退出。
这片玻璃似乎是灯盏的一部分。
我过一会再给你打电话。
绿灯直行。冰激凌正在融化。
用南瓜做万圣节的灯笼。
有一件重要的事情需要当面说清楚。
这个标志的意思是——停止。
讲笑话的人脸上写着严肃。

谚语云：覆水难收，后悔无益。

他从镜子里取走了友谊。

超市旁边有一家带ATM机的银行。

那个手提袋不错，是新的吗？

我们都有午睡的习惯。

你的自杀很残忍，我的联想很丰富。

他开两辆车，一辆是红色的，另一辆也是红色的。

星期二下午我们上体育课。

我用铅笔记下你的电话号码。

他们打算向警察询问去电影院的路。

这个女孩喜欢吃瘦肉。

PRC表示中华人民共和国。

紫色的花多么漂亮啊！

这块手表太贵了，戴在手腕上。

报纸报道了昨天的交通事故。

请用尺子画一条曲线。

汤的味道很咸。夏天我们要穿凉鞋。

把那些塑料瓶子放到舞台上。

我们在绿皮车厢里唱歌。

张作霖和张学良是父子关系。

我为生病的母亲做饭。

我的表慢了十分钟，你在笑什么？

你害怕蛇，但雪花很漂亮。

下面我们谈论一些社会问题。

我的新袜子上有个洞。

隔壁传来阵阵啜泣。

到风筝上抒情是个不错的主意。

不要为那个打破的杯子耿耿于怀了。
这里有一张25美分的邮票。
满天星斗。草莓变质。
猴子有四条腿和一条长尾巴。
简在剧中扮演量身定做的皇后。
明天我们一起喝茶如何？
馅饼味道不错，真的。
把东西收拾好，我们就要离开宿营地了。
我要在豆腐里加一点辣椒粉。
每天都有游客登上长城。
解聘临时人员属于单向行为。
云是空中的水汽团。
雨是雨伞的情人和受难者。
马甲为什么要穿在外边？
他的游戏来自玩具。狗把舌头伸入夏天。
风吹灭了蜡烛，洪水冲走镇上的房屋。
蓝鲸是当今世界最大的动物。
海洋像希望的笼子。
别着急，我们很快就会找到它。
见面的地点设在动物园门口。
你可以借我一点钱吗？
我的眼镜好像忘在了快捷酒店。
黄河东流，在这里拐弯。
这里不是那里，这里有孔子先生的徒弟。
这里就是那里，英语酷似奇迹。

(选自《星星》诗刊，2016年第3期)

遍及我的废墟

1

高处是纪念塔，更高之处
是苍天：以英雄命名的山
以英雄的山命名的
广场上，赤霞流淌，大妈在跳舞
老人在散步，孩子们
在余晖理解不了的游戏中
愈战愈勇，新近乔迁的
雕像在挥手——仿佛生活
没有变化也不曾暗中
倾慕壮举；墓志铭上
凹陷，仿佛自学成才的胆小鬼

2

海滨的月亮和郊区的月亮
不是同一首歌，不是
同一滴泪；夏夜的风
也不是我在鲁迅公园的松树下谈恋爱

碎石厂的机器日夜轰鸣
碾碎了未经省察的少年之心
湖岛村的酒馆服务员
指责我借酒消愁；算命的盲人
告诉我，青春走投无路
也不许还乡：八千里
风月无边，碎石厂只是目录

3

楚玛尔河。当曲河。沱沱河
青藏高原上有许多这样的
支流，它们汇集到曲麻莱附近
名字变成了通天河
从高处到低处，江水奔腾而去
却把一个完整的道理
留在两岸——多年以前
我就是这样描写长江的
那时我还没有见过这条伟大的河流

4

锯木车间。工人甲刚刚恋爱
尖叫的锯木声宣泄着
异性般的欢愉；工人乙
是预支光阴的高手
无愧于先进工作者的奖励

命令原木倒行逆施
返回青春期：甲乙不是一次性木筷
甲乙，生产一次性木筷

5

树木下岗了，山岭依旧高于
江面，洪水裹挟着泥沙
顺流而下——假如洪水无辜
则泥沙亦然。伟大的江河走向山穷水尽
老虎不读《论语》，先生
也束手无策：他只是一个
从前的思想家经历着
他所不知的传奇；他只是一个
有故事的人悄悄活到了
树木集体下岗的黄金年代
在绿色成为一种被指责的背景中

6

乌云。闪电。惊雷。暴雨出场
临街的窗口飘出惊呼声
看哪！有人在雨中散步
雨过天晴，一场暴雨成就的事业
仿佛一个突如其来的
过程，带着跑题的抒情
在虎头蛇尾的坏笑中

深一脚浅一脚地质问着云端的气象局

7

孔雀藏在门票后面卖萌
江河遭遇大坝的勒索
一掷千金和以身相许嘻嘻哈哈

塑料的时代,塑料的歌声
在塑料的太行山上
祝福塑料的山东和山西

手持玩具枪的打劫者
没有见过魏晋、唐宋
对牛弹琴早已取消了掌声的关注

8

钢笔丢了,这是一件小事
钢笔丢了,鸵鸟牌墨水
闷闷不乐;钢笔丢了
撒娇的说法是,它携带着秘密抛弃了粗心的
主人——新的钢笔出场之前
婚礼不需要纸上谈兵的风流

9

凶手戴着刑具指认现场，噩梦
仿佛发生在昨天（可怜的姑娘
活到现在也该做母亲了）
为什么她的钱包里只有几块钱
为什么钱包里只有几块钱
还要反抗，还要喊叫
曾经有人招供而且已在刑场做过了结
为什么还要让她再死一次
唉，如果没有隐藏什么
就不配行凶；如果赴死
没有恐惧，也许凶手会停止抱怨

10

最轰动的案件发生在报纸和电视里
最遥远的窒息是公判大会
我的朋友说，子弹的正义
其实无关子弹而他也不肯满足
我的请求：近距离地
观察一颗子弹与一颗心的碰撞
我的朋友做警察很多年
他知道我干不了劫法场的
事业——宁愿晒死在太阳底下
也不能到黑灯瞎火的地方

去上吊,他用诗歌的语言警告我说

11

没有秘密可言:玻璃就义了
没有犹豫,没有恨,遗嘱
没有余音绕梁顽强地抵抗清脆的错误
没有记忆,没有未来——
玻璃就义了,窗户的世界
多出一张看不见的嘴
期待着方形的透明的风声造访

12

我握着一只寻呼机满街寻找公用电话
"您是哪位?"对方却说
"对不起,你打错了。"
那一刻,我喝下的墨水在反胃
我使用的名字允许吊死在
电话线上,以乱码的数字化名义

13

酒驾的男子拨打求援电话
他最好不犯兴奋的错误呀

擅长调情的女人心里住着

她不知道的,动荡的嘉宾

年过九旬的老头告别了你
年过九旬的老头不认识你

有人短信:最近写诗没有
我也通过短信致谢:没有

14

众人齐喊:疯子!有时疯子
袖手旁观,有时高声迎合
疯子!精神病院的游戏也没有这么好玩
当一条街上全是疯子
当一条街上,全是诚实的
疯子——佩索阿认为
不快乐的每一天都不属于自己
所以疯子们拥有罕见的伟大

15

输了棋的老头,一脸愠色
围观者越多,他的昏招
就越发可爱——唉,并非围观的人
愿意与他为敌,而是
他那么喜欢把围观者
视为虚拟的对手却一胜难求

16

押赴刑场时,他已经没有
朋友了,他的诗人身份
也不再被提及:"我在江畔等船
那将是我一生中最后一次
远行"——而船不会再来
在摇篮和墓地之间
从松花江赶过来的父亲
扮演收尸的角色,头上白发全无诗意

17

写在脸上的傲慢被视为个性
成功人士的习惯——她照单全收
如果你读诗,请记住
缪斯曾是她的远房闺蜜

几年不见,不知她离婚没有
是否还像从前那样
喜欢喝白兰地,抽外国烟
大笑或暴怒时一脸副处级的蛮横

18

魔术师戴着头发做的帽子

住进看守所，依然拥有
献给裸体的热情：在墙上画一台
电视机，讲述失联的故事
他表演穿墙术，看守所
大度地命令所有的墙壁都闭上眼睛

19

凌晨三点，农贸市场的临时主人
怀着叫醒生活的心发动了
三轮车——不管有没有月亮
他都会打开车灯。马达
使街道愈静，车灯使黑暗更黑
披星戴月的三轮车载着
披星戴月的梦追逐黎明
不管有没有月亮，农贸市场的临时主人
都会打开车灯，他从不相信月光

20

无所事事属于被重复的美德
教育生活——假如时光提问
我有点尴尬，但不至于下不了台
往事那么多，遗忘更多
青春再可爱也有人看不上眼
假如时光一再提问，底细将不再构成
局部的秘密，我不甘心

输给过去,但过去将到
三个我使用过却不属于我的汉字为止

21

我们平静地谈论着爷爷的生死
我们是,我和我的父亲
平静地谈论着不大于村庄的
人间——平静下面
深渊般的绝望公然撒谎
胃的江山,饥饿是永恒的反对派

22

与果实对峙,矫正角力之美
但羞于说出由来已久的
隐私——那距离乡土19公里的颂歌
隔着两个或者三个乡镇
自作多情地,在余生中
失去了言之有物的尊严
黄的麦浪走在红高粱的前头
不速之客怀揣起义的心
却在一首小诗面前傲慢地败下阵来

23

来自城里的插班生总是穿着

洁白的（只有这个词）双星牌运动鞋
出现在学校，每天都是
他的普通话里有我没见过的
马路和高楼；他的钱包里
藏着一个姑娘——我最好奇的事情
并非我们为什么成了同学
而是他的鞋子怎样洁白到底的

24

屡战，是一回事；屡败
是另一回事。一群没有进取心的人
完成了一次没有进取心的
演出：场上秋高气爽
为什么足球之夜的月亮仍然
挂在他乡；当保平争胜
成为习惯性羞辱，被践踏的草坪
为什么迟迟不肯揭竿而起

25

引经据典，接受大师的远程教育
还要去国（注意，不是出国哦）
"请把汉语的赞成票
投给诗歌的流亡政府"
大师身边，他像准大师一样严肃地笑着
嘴巴里塞着外国人听不懂的段子

26

被清扫的黎明拥有晚辈的愧疚
钟点工像客人一样按响了门铃

卖早点的摊位上只有一个中年男子
在埋头喝粥:爱已提前退场

啊,那为水果做过微创手术的
摊主,配得上这张崭新的假币

27

郊区的柳树一夜成名,幸福
获得了一个崭新的写法
它装作受宠若惊的样子
装作听懂了高音喇叭出售的赞美诗
它几乎不敢相信历史
已经发生,就在眼前
从一棵柳树到一棵幸福的柳树
风在鼓掌,命运却不知所云

28

我的南邻北舍是最著名的
国家山河;我是

局部地区的会议室

像其他城市一样,我的道路通向
另一座城市而非
天堂,抑或地狱

楼越建越高。荷花,柳树
小桥流水,与建筑垃圾一起
被连夜倒入记忆——

在县城和大的县城之间
我证明了一座大县城的
颜值(涌泉又名倒置的水龙头)

小羊允许无视狼的优越感
最聪明的乌鸦也没见过
赞美它的伊索;有人安排屈原邂逅庄子
并替他们在理论上完成
语言交锋;小说家的嘴里
藏着一个不断调图的
火车站——葬礼取消了
通知还在路上,还有西郊的味道

30

半夜里刮起来历不明的风
讲鬼故事的人已经累了
有些事他知道,有些事他没听说过
有些鬼他认识,有些鬼
他从没见过——半夜里
刮起来历不明的风
半夜里的敲门者就在门外
他想报警却发现手机
没电了,他想投降梦突然醒来

31

午夜的广场上我在抽烟
午夜的广场上我在狂奔
午夜的广场上我在训练失眠
午夜的广场上,城市
回荡着做爱的声音
我在别人的快乐中消费了人间的孤独

32

行为的收费站,艺术在发呆
垫脚石被踢开时,电影
刚好进入尾声前的高潮——绳子实现

悬挂的心愿，悬挂勒死了
谣言。多少老处女曾是
待嫁新娘；多少深山禅院
飘荡着E时代的烟火
多少检票处，送走长途汽车
把海誓山盟扔进垃圾箱
龋齿咬得动空气，豢养的爱飞扬跋扈
在风的废墟上把花逼成了花圈

(选自《江南诗》，2017年第3期)

编选后记

为深入贯彻落实《中共山东省委关于繁荣发展社会主义文艺的实施意见》，全面实施"文学鲁军提升工程"，进一步培养推介优秀青年作家，推动我省文学事业繁荣发展，在省委宣传部指导支持下，山东省作家协会启动了《山东青年文学名家文库》（以下简称《文库》）的编选工作，集中推介10位近年来创作成绩突出的优秀青年作家的作品精选集。

省委宣传部领导对《文库》的编选工作非常重视。省委宣传部主持日常工作的副部长王红勇和省委宣传部副部长程守田多次对编辑出版《文库》提出指导性意见，给予了大力支持。

为确保编选工作的质量和权威性，省作协组建了由有关领导、专家组成的编委会。编委会对入选青年作家的人员构成、文学导向的宏观把握、题材和体裁的合理布局、风格形式的丰富多样以及总体设计的协调统一等方面，进行了认真研究，确定了编选方案。

入选作家的基本标准，一是发表、出版作品数量多、质量高；二是作品格调健康、积极向上；三是年龄45岁左右，特别优秀者可适当放宽，但不得超过50岁（1967年1月1日以后出生）；四是在全国文学界有一定的影响力和知名度，获得过省级以上重要文学奖项。

编选工作正式启动后，先是下发通知，请各市、大企业、行业系统文联（作协）和省作协各文学专业委员会推荐候选人；为避免遗漏，又请省作协主席团成员和省作协签约文学评论家每人推荐10人。在汇总两次推荐意见的基础上，确定了提交评审专家讨论的候选人选。中国作协党组成员、书记处书记、中国作家出版集团管委会主任吴义勤，中国作协办公厅主任李一鸣，中国作协创联部主任彭学明，《文艺报》总编辑梁鸿鹰，《人民文学》主编施战军、中国当代文学研究会会长白烨、中国报告文学学会常务副会长李炳银、中国当代文学研究会副会长贺绍俊等领导和专家参加了在北京召开的评审会，在充分酝酿讨论的基础上，投票评选出10位入选作家。

　　入选的10位作家是我省近年来创作成绩突出的青年作家的优秀代表。其中，小说作家7人，诗歌作家2人，散文作家1人。《文库》收入的是能够代表其最高水平的、已经在正式报刊上公开发表的作品的精选集。需要特别说明的是，近年来我省文坛涌现出的创作成绩突出的文学新人较多，遗珠之憾肯定在所难免。

　　省作协领导高度重视这项工作。省作协党组书记姬德君、省作协主席黄发有牵头统筹《文库》各项工作。党组成员、副主席李军、葛长伟指导协调《文库》编选工作。省作协副主席、创联部主任陈文东带领创联部同志承担了《文库》从征集到评审、出版的各项具体工作。张学军、丛新强、贾振勇、刘照如、陈夫龙、李纪钊、李春风、刘青、赵月斌等专家学者和省作协有关业务单位负责同志参加了《文库》入选作家的补选优化论证会，提出了许多建设性意见和建议。省作协办公室为《文库》评审、出版做了许多保障性工作。山东文艺出版社对《文库》的出版工作给予了大力支持和帮助。在此，谨向所有为《文库》编选出版工作给予大力支持和付出辛勤努力的单位和个人，表示诚挚的感谢！

编者
2019年12月